單親行不行
立書人
離婚協議書
男方：
出生日：民國 年 月 日
身分證字號：
住址：
女方：
出生日：民國 年 月 日
身分證字號：
住址：

人物介紹

小燕

就讀國二，因為不忍心再看媽媽以淚洗面、爸爸氣得開車出意外，小燕與哥哥開始促成「爸媽離婚計畫」。

司藍

小燕的哥哥。司藍從小品學兼優，個性沉穩內斂，是爸媽與師長眼中的模範生，但個性喜愛獨來獨往，不擅團隊合作與球類運動，只愛慢跑、寫小說、看電影等「一個人能做的事」。

伊莎老師

小燕的英文家教老師，在小燕轉學後的郊區學校附近開了個玻璃工坊。本身是長期家庭語言暴力下的受害者，但父母終生都不願離婚，與雙親同住的她自然也累積了不少壓力，與小燕是要好的忘年之交。

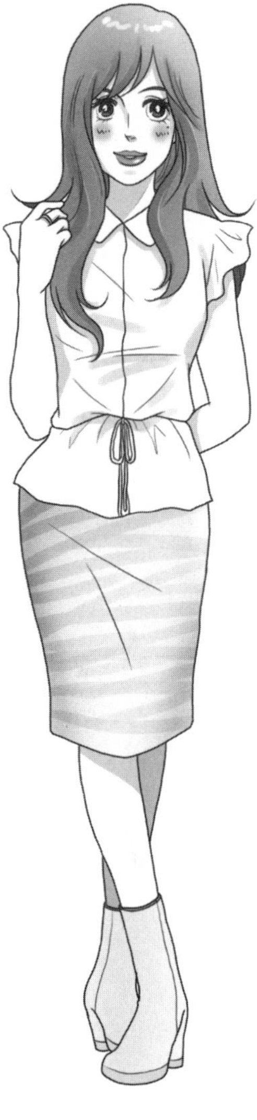

爸爸

司藍與小燕的爸爸，大男人主義的公務員，刀子嘴豆腐心，經常說出傷人的話。他自認為了孩子認真工作、撫養家裡，本來想將兩個孩子撫養長大，但小燕卻選擇跟媽媽住，讓他久久無法釋懷。

媽媽

司藍與小燕的媽媽，因為晚婚的關係，對自己沒有什麼自信，總是很拼命地犧牲自我，成全家庭。媽媽長期失眠，個性悲觀，體弱多病，但為了孩子永遠能全副武裝、堅強起來。

目次

01
理想的一晚

「『我的家庭真可愛，兄弟美滿又安康』……不行，這首歌不適合。」

十四歲的小燕邊坐在沙發上拿著作業本發呆，邊思考著音樂課老師交代的回家作業——「用一首歌描述你的家」。

小燕有雙晶亮聰慧的雙眸，配上總是烏亮俏麗的短髮，散發出清新又簡潔的氣質。她把最近在偶像劇中聽過的流行歌曲都想了一遍，不是太老成，就是太噁心，想來想去，還是只有兒歌能用在自己的家。

「我家門前有小河，後面有山坡……」小燕又唱了起來，捧著頭。

「不，這首歌太古早了！」

不過，小燕的家面對著社區中的人造河景，後頭還的確有處森林坡地公園，可以說是這座高房價城市中不可多得的新社區。

爸爸剛用貸款買下這棟房子，已經有一年了。小燕環視著鋪著淺色橡木地板的一樓，擺著南非小巧動物雕像的玄關、陳列著草綠色布沙發與六十吋電視的客廳、鋪著嬰兒藍磁磚與粉綠櫥櫃的廚房……

小燕偶爾會懷念起以前那個又破又舊的家，她總是能聽到爸爸和媽媽為了看新房子的事情吵架。

全家人一到週末就被爸爸拖去看房子，輾轉過了五六年，看房子看到全市的房屋仲介都認識他們一家，才終於做了決定，由爸爸和媽媽合資買了這間新房。

搬來新房子開心嗎？小燕說不上來。

爸媽吵架的話題從找房子，成了她與哥哥的教育問題，而爸爸與媽媽也經常為了芝麻蒜皮的小事鬧得雞飛狗跳。小燕心想，經過這一年來的「嘶吼」洗禮，周遭的鄰居一定早就看出，他們是脾氣極差的一家人。

「真奇怪，世界上這麼多首歌，能真正描述出我家狀況的，卻一首也沒有。」小燕望著筆記本發呆。

「還是問哥哥好了。音樂是哥哥的興趣之一，他一定會知道的。」

從小到大，有任何問題，問哥哥司藍總沒錯。但隨著司藍升上高中，每天能見到他的時間越來越少，明明同住一屋，司藍卻成了想見時也未必見得到的人，小燕發現自己總是在「等哥哥」——等哥哥放學回家、等哥哥補習回家、等哥哥完成社團功課回家，等啊等，等啊等。

今天要等的不只是去補習的哥哥司藍，還有加班至今未歸的爸爸。晚間八點半，廚房香氣四溢，偌大的新居卻只有小燕與媽媽兩個人。

桌上又擺上一盤剛出爐的菜，媽媽仍用俐落的動作在廚房忙著。

小燕來到這世界上有多久，媽媽就當全職家庭主婦有多久。這十四年間，除非是生重病，否則媽媽總是親手為大家煮三餐，便當菜也營養均衡。媽媽沒有自己的書櫃，十幾本和式、中式和西式料理營養書就排在電視櫃下方，每本書都被翻得又舊又皺，還用便條紙做滿愛心筆記。

媽媽下廚時，不喜歡廚房有其他「礙事」的人，準備三餐的時間也多半是孩子梳洗、上課、做功課的時間，因此小燕與哥哥也很少主動去廚房協助。

如果問了「要不要幫忙」，得到的也多半是「你們去念書」、「先洗澡吧」、「東西都收拾了沒」這類婉拒的答案。

今天，媽媽也獨自奮戰，在充滿香氣的廚房中忙著推出飯菜。咖哩雞排、柚香鮭魚沙拉、馬鈴薯蘑菇湯、三色蛋，配著灑上芝麻的健康糙米飯。

「啊！爸爸回來了！」

聽到一樓傳來汽車倒車入庫的聲音，小燕起身準備幫爸爸開門。

「爸爸辛苦了！」

「好乖。」疲倦的爸爸點了點頭，脫去厚重的皮鞋。

「司藍還沒回來啊？」

「哥今天補習班要期中模擬考，沒這麼快，大概要九點才回家。」小燕嘆了口氣。哥哥司藍就是她世界上最要好的朋友，兩人無話不談，小燕自然連他每天要做的事都一清二楚。

「現在的孩子真辛苦，說真的，我覺得根本沒必要讓他補英文，英文他之前不也自學得很好？如果一週少補一兩個科目，他就能早點回家吃飯了！」媽媽脫下烹飪手套，無奈地望著爸爸。

「我才剛回家，妳就找碴啊？」爸爸總覺得媽媽語中帶刺，因為當初堅持要哥哥一週五天全都排滿補習科目的人，是他。

他繼續跟媽媽爭辯道：「高中生學的英文，跟七八年級的程度完全不同，妳總是只看到眼前的成績，沒替孩子想到未來。將來他基礎不好，沒辦法跟國際人才競爭，妳這個專科畢業的人能負責嗎？」

這樣的爭吵，已經是家常便飯，但小燕並不會因此就鎮定面對。聽到爸媽高分貝地爭辯，她的心情豈能輕鬆得起來？

「這跟媽媽專科畢業沒關係吧？媽媽只是怕哥哥經常這麼晚才吃晚餐，腸胃會出問題……」小燕試著小聲地就事論事。

「好啊！妳那麼愛幫妳媽媽講話啊？」爸爸怒氣沖沖地將公事包甩在沙發上。

「腸胃出問題？會不會太小題大作？現在的高中生放學會什麼都不吃，空著肚子補習啊？當路邊小吃和便利商店做什麼用的？少給我無理取鬧了！」

「又怎麼啦……」哥哥一臉無奈地推門進來，望向廚房中忙著做飯尚未喘口氣的靜默媽媽，又看向氣得滿臉通紅的爸爸。

「大老遠就聽到你們的聲音，為什麼要這麼大聲啊？不能好好講嗎？」司藍溫和理性的嗓音，與他斯文白淨的氣質，總讓小燕感受到宛如清風般和緩。

「哥，辛苦了！」小燕親暱地上前戳戳司藍的肩膀，司藍也對她瞇眼微笑。

「好香啊！媽媽，辛苦了！還有爸，上班很累了吧？別氣了，在公司還氣不夠嗎？」司藍一一將眼神對上每個家人，神態自若地放下書包，將裝滿補習班教材及參考書的厚重袋子放到沙發旁。

一家人終於坐到餐桌前享用美食，小燕與哥哥幫忙媽媽排餐具、盛飯，屁股還沒坐熱，就看到爸爸皺起眉頭。

「這個咖哩雞……怎麼一點都不辣啊？」

「因為以前都做南洋口味，但最近小燕皮膚有些痘子，我就做得清淡點……」媽媽都還沒動筷，就忙著替自己精心準備的菜餚解釋。

「謝謝媽媽。」小燕對媽媽微笑。

但爸爸仍碎碎唸著：「咖哩不辣，哪裡好吃？我工作這麼辛苦，連吃點自己喜歡的東西都不行……妳看，配上這個雞，水分也太多了，簡直就是咖哩湯啊！這種平淡無味的咖哩湯，當前菜吃很奇怪，最後吃又顯得很沒味道……真的是毀了一桌菜！」邊吃邊唸，爸爸卻還是挾了整碗的菜。

總之，沒又因為「咖哩不辣」的事情吵架就好。哥哥與小燕交換了一個無聲的眼神。他們早已習慣爸爸對媽媽的付出視為理所當然，甚至挑三揀四。

平常孩子們還會替媽媽講話，但今晚已經吵過一輪，再說下去，聽到爸爸高聲爭辯，也只是遲早的事。大家都累了一天，只想平靜地吃頓飯，好好品味媽媽精心準備的料理，如此而已。

「這沙拉冷冷的，感覺吃了會胃痛。」爸爸邊聞著沙拉，邊補喝了一口湯。

「沙拉本來就是吃冷的啊！」小燕斜眼看著爸爸，媽媽偷偷在桌下拍了小燕一下，叫她不要講。

不知何時，吃飯變成不能暢所欲言的痛苦差事。小燕與司藍想自然而然地分享今天在學校的事，但往往都會出現差強人意的結果。

司藍勉強找話題道：「今天我們班上好幾個人退出球類社團了，因為要練習的時間比預期中還多，也不是每個人都想週末練習、參加外縣市比賽……」

「那怎麼行？」爸爸說：「我以前就是校隊出身，把身體鍛鍊好，透過嚴苛的訓練來磨練自己的意志，這對青少年很好，你們這一代就是太少接受刺激，才會變成草莓族！」

「我只是在說我們班的情形而已啊！」看著爸爸一副高高在上的訓話模樣，哥哥感到不是滋味。

「我以前也是田徑隊的。」媽媽微笑。「國小的時候啦！但因為沒錢做比賽用的運動服，就沒繼續參加了。」

「真是可惜啊！」小燕與司藍相視而笑，感興趣地問：「聽起來好像清苦小孩的勵志故事。」

「沒什麼可惜的。」爸爸搶著回答道：「運動練得再辛苦又有什麼用，你們沒看到這個國家對國手的栽培多不用心，沒得金沒得銀，或是受傷了，就得馬上回歸

社會，重新找工作。」

「不用什麼事都這麼偏激吧……說話還前後矛盾。」司藍無奈地挾菜，索然無味地吃著。

小燕嘆了口氣。戴著眼鏡、心寬體胖的爸爸雖然生起氣來會摔東西，但表面上是非常斯文的人。一路從頂尖學府畢業考上公務員的他，不知何時養成了這種目中無人的態度，還成了家中的「句點王」。誰要是意見不合接話，就會倒楣。

接下來，媽媽也分享了今天社區鄰居抱怨的管委會問題。

「妳就跟她說這種事不用管！」爸爸粗聲粗氣地說：「什麼都叫妳負責，妳一個家都理不好了，管那麼多做什麼。」

「媽媽也沒有問你的意見啊！不是全世界都在這裡等你批評、批判，好嗎？」小燕終於爆發了。「媽媽想跟管委會的太太做朋友，偶爾出去走走，又不是什麼滔天大罪！」

「對啊！你說她家裡弄不好，那你可以幫忙啊！」司藍也幫腔道。

「又怎麼了？我累了一天，回家講個話還要被你們挑毛病？」爸爸見到孩子們又幫著媽媽，十分不平衡。

「你說我沒幫忙家事？那平常週末的地板誰拖的？你們會拖嗎？買新房子給你們也不會愛惜，自己房間亂糟糟的！那些堆在後院的回收物呢？不老叫你們拿去樓下收好，到底要放到什麼時候？」

見爸爸把矛頭對準自己，司藍與小燕搖了搖頭。

「好啦！你要考慮到孩子也跟你一樣，累了一整天，不需要這麼怒氣沖沖。」媽媽嘆息著。

「什麼孩子跟我一樣……」爸爸咕噥道：「孩子去上學是能賺錢嗎？我才是這個家裡唯一的收入來源，工作壓力跟學校壓力根本不能相提並論啊！」

面對爸爸的言語攻勢，最好的方法就是不隨之起舞。小燕與司藍都知道銅板沒兩個不會響，但一家人面對熱騰騰的晚餐、漂亮的新家，所換來的竟然是烏煙瘴氣的互動情緒，又有誰會認為這樣的狀況沒問題呢？

為了表達抗議，小燕端著晚餐離開餐桌，到舒適的沙發上坐著。司藍也隨之跟進，兩人開著電視，看著有趣的綜藝節目，轉換無奈的心情。

「兩個電視兒童！真是沒救了！」爸爸又是一長串碎碎唸，但因為有愉快的節目在眼前上演，小燕覺得他說什麼也已經不再重要。

直到爸爸用過晚餐，回到樓上的房間梳洗，家裡才再度恢復了寧靜。

小燕走向廚房。

「媽媽，我幫妳收拾。」

「沒關係！妳們去做功課吧！吃飽都九點多啦！不是十一點就該上床了嗎？」

媽媽總是婉拒孩子們的幫助。

時間久了，小燕與司藍也不會再跟她推託，當媽媽說不需要時，就是真的不需要。小燕與司藍飛快地拎著書包，上樓回各自的房間。他們的房間位於三樓，睡房各自獨立，但共用一組衛浴。爸媽在樓下分房睡，也是一樣的空間配置。家裡的熱水器輪流響著，輸入暖流讓浴室中的成員分別洗去一身的疲倦。

「唉！輕鬆了。」司藍在房間輕聲地放著美國鄉村樂，邊打開作業簿，等小燕洗完澡，他才接著去洗。

妹妹還是國中生，不能熬夜，自己每天則要讀書到凌晨一點，因此晚點洗也沒有關係。每當晚上，司藍看見妹妹洗完澡的輕鬆神情，心頭也會泛起一陣真正的放鬆感。而小燕也總愛在司藍房間吹頭髮、擦乳液，邊聽音樂邊跟哥哥聊天，哥哥挑了一首帶著淡淡無奈情緒的美國鄉村樂，給小燕當音樂作業交差。

小燕誇讚道：「哥哥的英文真好，知道這麼困難的歌詞！」

「我比妳年長三歲耶！這是應該的啊！」司藍苦笑道：「不過，妳剛剛怎麼不在樓下問我呢？我可以用樓下的音響直接放歌給妳聽啊！」

「唉！我越來越不喜歡待在樓下了……」小燕的一句話，讓司藍深有同感。

「其實，我也是……」司藍搖搖頭。「每當上了樓、回到自己的房間，才真的覺得能放鬆下來。」

「為什麼爸爸老愛找媽媽麻煩呢？到底要怎麼樣才能改變他們呢？」小燕知道爸爸心底也有許多壓力需要抒發，而他總愛說自己「刀子嘴豆腐心」，認為大家都應該要理解他的語氣、包容他的用詞。

那媽媽呢？又有誰能理解她呢？聽著此刻樓下廚房傳來的清脆收拾聲，與媽媽略顯疲憊的腳步聲，小燕知道，身為全職家庭主婦的媽媽，今天鐵定也是一刻不得閒。

她總是早起準備早餐、便當，送全家人出門之後，不但要去郵局、銀行、各大公家機關替家人辦事，還要採買、拖著沉重的日用品與食材回家，匆匆吃了午餐之後，又要整理家裡、清潔環境、洗衣、曬衣、收衣，還得跟鄰居婆婆媽媽打交道。

媽媽一天最輕鬆的時間是什麼時候呢？恐怕絕對不是全家人都回來的那一刻吧！

「因為我們跟爸爸……也只會吵架而已。」小燕想著想著，眼淚掉了下來。

司藍輕柔地拍拍妹妹的肩。

他轉頭，望向整齊書桌上方，一塊軟木材質的記事板。上頭貼著許多考試的行事曆、想閱讀的書單名稱，更有一張醒目的名片。

「心理諮商：郭醫生」，這名片是哥哥上網搜尋很久之後，安排爸媽各自去看的心理醫生。一開始爸媽都自認自己心理健康，推了大半年才去看醫生。但去了沒幾次，媽媽就嫌診療費太貴而退出，爸爸也跟著喊停，不久之後，兄妹倆短暫的婚姻諮商希望，就這樣破滅了。而自從前陣子爸爸升官不成、任職的公務員單位又被踢爆弊案、三天兩頭上電視之後，爸爸在公司的壓力便越來越大……

「總不可能希望爸爸別回家吧？」司藍不久後又和妹妹小燕規劃了三天兩夜的放鬆療癒台灣旅行，想透過全家出遊、轉換氣氛的方式讓爸媽抒壓。沒想到，飯店都訂了，媽媽卻臨時說身體不舒服，打了退堂鼓。

「我也不去了！省得妳到時候又跟妳那些姊妹說，都是我們三個在開心，把妳一個人丟下家裡！」爸爸也賭氣地放棄了旅行的機會，兄妹倆從壓歲錢中自掏腰包的住房訂金，就這樣飛了。

小燕語重心長地望著司藍。

「其實，我一直覺得媽媽也有問題。她平常省吃儉用，總是捨不得給自己用好的，拒絕花大錢、拒絕上餐廳、拒絕去旅行，說不想和爸爸出門……」

「可能爸爸帶給媽媽的壓力，已經不是我們做這些事能彌補的了。」司藍心疼地回憶道。

「哥哥……我有一個計畫。」小燕的雙眸亮了起來。

「不過……」她深沉地望著窗外，在漆黑庭院中澆花的媽媽。

「這個計畫，絕對會為我們帶來非常大的影響……」

「我知道妳想說什麼了。」司藍嚴肅地點點頭，準備聽看看小燕的答案，是否跟自己一致。很顯然地，司藍心中抱著這種沉重的想法，已非一朝一夕的事了。

「讓爸媽離婚吧！」小燕與司藍異口同聲地說。

兄妹倆重疊在一起的聲音，聽在耳裡，卻是這麼心痛。

02
計畫的尾聲

彷彿知道兩兄妹的心情似的，司藍電腦中的音樂清單轉為舒緩的慢板歌曲，原本輕快歡愉的鄉村樂，也成了沉澱的藍調歌曲。黑人女伶蒼涼的歌聲緩緩透過音響傳出，在房間內流轉。

司藍起身將房門掩上，重重地坐回深藍色的床沿。

「那……既然妳也同意，那我們就要考慮接下來的現實問題了。」

「嗯！我們先前也討論過很多次了，這一天終於還是來了。」小燕故作成熟地聳了聳肩，以自己都沒想過的鎮定心情，迎接司藍的下一個問題。

「如果爸媽真的離婚，那妳希望跟著媽媽還是爸爸呢？」司藍的聲音聽起來就像船錨下水的聲音一樣又沉又穩。

小燕也試著用安穩而理性的情緒回答這個問題。

「我想要跟著媽媽……不然媽媽太可憐了。而且，我覺得媽媽的個性也比爸爸好相處。你也看到了，不管我說什麼，爸爸也老是覺得我都是站在媽媽那邊的。」

「嗯……那我就跟爸爸吧！不然，爸爸也很可憐，總需要有人看著他。」司藍微笑。

兩人不是沒想過，此刻的決定牽涉到往後的一輩子。

司藍也曾經在無數夜晚的睡前、甚至睡夢中，想像過自己與爸爸一起生活的模樣——他逐漸長大、念大學、碩士、就業，迎接爸爸退休、慢慢變老。

爸爸一直是家裡的負面情緒製造機，但媽媽也並不是特別樂觀陽光的人，身體也不是很好，小燕選擇跟著媽媽，其實並不會比自己輕鬆。

無論選哪邊站，未來一樣都也不輕鬆。

兄妹倆其實受夠了爸媽從小問到大的「你比較愛爸爸還是愛媽媽」，也非常討厭每次夫妻吵架過後，互相拉攏孩子「爸爸才是對的」、「媽媽才是正確的」等行為。

為什麼一定要選邊站呢？

為什麼不能同時傾聽爸爸、也理解媽媽呢？

看來「同時愛著爸媽」這種選項，在這個家庭中早已不存在了吧？在每天的例行爭吵中，兩個孩子也早就認知這點了。

就像自己會捨不得媽媽一樣，小燕肯定也會心疼爸爸。這點，身為哥哥的司藍自然是再瞭解不過的。司藍發著呆，每當他不知道怎麼處理這種沉重情緒時，他的雙眼就會開始放空。

他望著自己熟悉的房間，爸媽離婚後，自己還是能在這間熟悉的漂亮房子中生活，自己倒還好。但妹妹呢？妹妹的未來會在哪裡呢？意識過來時，小燕已經輕輕靠到自己肩上。

明明是想安慰妹妹的，沒想到她卻先安慰他。司藍輕柔地將小燕額頭上的瀏海撥整齊，嘆了一口氣。

「我們要堅強喔……明天我會再去找老師談一次的。」

小燕說的老師，是一個很棒的人。司藍也非常信任她。

「我明天也跟妳去吧！」

「那補習怎麼辦？」

「傻瓜，當然是請假囉！」司藍淺笑道：「好啦！我先去洗澡，妳就做功課，有問題等等問我。」

「我可以在你房間做功課嗎？」小燕撒嬌地問。

她當然知道哥哥會答應，哥哥房間裡還擺了張鋪著拼布桌巾的矮桌，就是專門空出來讓她做功課用的，國中的數學開始變難了，理化的解題也讓人很頭痛，小燕每天晚上都要在這裡待很晚，等哥哥幫她解決問題才能安心回房。

司藍拿著毛巾，關起浴室門。

以往小燕總聽得見淋浴間的歌聲，但今晚，就只有水聲。水聲淅瀝嘩啦！像一場悲傷的雨。

以後爸媽離婚之後，就不能像現在這樣，邊聞著哥哥房間的草本精油氣味，邊聽著音樂做功課了吧？

小燕的眼淚流了下來。

「就算哭出來也沒關係。」她告訴自己。在哥哥洗澡出來之前，把眼淚擦乾，他就不會發現了。

作業簿上出現了幾滴淚痕，小燕索性闔上本子，拿起面紙按住眼角。

如果哥哥問她鼻子怎麼紅紅的，就說是過敏流鼻涕，哥哥就不會過問了。小燕樂天地想著。

※

傍晚五點，小燕與司藍並肩走在街上。與其他趕著去補習的學生比起來，同樣是穿著校服、背著書包，兄妹倆的身影顯得特別愜意。

司藍幫小燕買了暖呼呼的鯛魚燒，小燕握在掌心珍惜地吃著。作為回禮，小燕則幫哥哥買了珍珠奶茶，兩人放慢步調，走向公車站，準備搭車去郊區。

因為媽媽堅持煮三餐，兄妹倆外食的機會不多。像這樣偷偷溜出來走走、買外頭的東西吃得津津有味，彷彿像是背叛媽媽似的，小燕雖然有些雀躍，卻也感到有些心虛。

重視養生的媽媽，不但把每期的康健雜誌看得滾瓜爛熟，還經常拿出某某食材致癌、引發疾病的新聞剪報逼孩子們閱讀，如果家裡出現了空的飲料杯、炸雞紙袋，孩子們一定會被叫出來質詢一番。如果還嘴，媽媽還會暴跳如雷。

「你們知道這些東西多不好嗎？我每天早睡晚起，都是為了你們的三餐！大費周章準備健康飲食，你們卻不珍惜，害我的心血都白費了！」

媽媽是好意，司藍與小燕都知道，但他們每天都看著班上的同學大啖街頭小吃，說不羨慕是騙人的。

說難聽點，堅持要做三餐，連孩子們的點心都只能吃水果，這樣的媽媽實在是有些緊迫盯人、沒事找事。不僅讓司藍與小燕有窒息的感覺，越是禁止，他們越是渴望外食。

「今天好幸福喔！」

上公車前，小燕嗑完鯛魚燒，又將珍珠奶茶喝到只剩一點，她對哥哥露出淘氣的微笑。

「傻瓜，別吃這麼快、喝這麼急啊！反正回家之前把垃圾都丟了，媽媽就不會發現了。」司藍憨笑道。

公車上禁止飲食，小燕也趁機消化了一下方才的零食，不過，她這才想到，稍後會不會吃不下晚餐？

時序步入秋天，天色暗得早，街燈亮得快，下坡的夜晚海景緩緩映入眼簾，讓人感覺放鬆起來。這就是每次小燕去找老師時的心情。

老師的名字叫伊莎，是個可愛的輕熟女，大學就讀英文系的她，已經兼了七八年的家教，目前也是小燕的英文家教老師。

不過，如果要等到家教課才能跟老師見面，又要熬到週五，小燕已經等不及跟老師好好聊聊爸媽的事情，她拉著司藍一起搭車，直接到老師的工作坊拜訪她。

秋風滑進車窗，輕輕撩起小燕濃黑的短髮，髮梢的圓弧線條迎風飄起，讓她感受到一股飄逸的涼意。

伊莎老師也是這樣的人，微涼慢熟，但一旦親近了之後，就能發現她是個堅強而溫暖的人，她已經擔任小燕的英文家教很多年，兩人就像是無話不談的姊妹。伊莎知道小燕的秘密，小燕也知道伊莎的心事。

「伊莎老師最近開始忙工作坊的事情，推掉很多家教，就是沒推掉我的！」小燕得意地跟司藍解說著。

自己對伊莎老師而言，是個多麼貼心且重要的學生。在伊莎老師創業、建立玻璃工藝工作坊的時期，小燕總在身邊鼓勵著她。雖然是英文系出身，但伊莎老師卻走上以藝術創作維生的道路，自然不輕鬆。她創作出來的玻璃動物玩偶，小燕總是第一個觀眾，家裡也有不少老師的作品。

除了英文之外，本來小燕還想請伊莎老師教她創作，無奈爸爸說：「學藝術沒有用！」便一口回絕了。

「伊莎老師的爸媽一直叫她去考公務員，但她覺得多兼幾個家教就能養活自己了，不需要用工作綁住自己。所以她爸媽還是常常為了她的夢想吵架。」小燕對司藍說。

「唉！連孩子的人生夢想都能拿來吵架啊……伊莎老師一定很辛苦吧！」

「對啊！所以我更要認真地支持老師的夢想！」小燕爽朗地說。

司藍聽小燕提過伊莎老師家裡的情形，因為伊莎老師的媽媽患有躁鬱症，她從大學時就經常從宿舍趕回家陪媽媽，週末也多半拒絕朋友的邀約，在家裡與爸媽度過。

一直到現在已經快要三十歲了，伊莎老師仍和爸媽同住。她的爸媽就跟兄妹倆的爸媽一樣，經常有著激烈的爭吵，卻遲遲離不了婚。

今天，小燕拉著司藍去伊莎老師的玻璃工藝工作坊，就是為了好好聊聊「爸媽經」，看能不能從伊莎老師那裡得到什麼受用的建議。

下了公車，轉進海邊的下坡道，幾輛腳踏車悠悠地騎過他們身旁。遠方的老社區巷弄中，坐落著一棟彷彿繪本中才會出現的玻璃屋。

如玻璃花房般的透明牆壁，看得見裡頭垂吊著的盆栽，溫暖的鵝黃色光線輝映在綠色葉影間，透著一股靜謐而清新的氣質。

玻璃屋有著綠色木門，上頭掛著花朵與老式門環。

「老師，我們來了！」小燕叩了叩銅色門環。

「好的，請進喔！」一個平穩而微低的女聲回答道。

一推門，木門上方的彩繪蝴蝶風鈴就發出響亮的聲音，讓司藍累積的倦意瞬間消散。

綁著短馬尾的伊莎老師回過頭來，穿著優雅深綠圍裙的她，露出微笑招呼道：

「我還在想你們是不是要到了？等等還要回家吃晚飯吧？那我們先喝杯茶好嗎？」

「好啊！」小燕熟練地帶著司藍到玻璃屋中央的大木桌旁坐下。

司藍注意到屋子裡的幾張椅子都放著鄉村拼布風的椅墊，牆上掛著水彩畫作，木棚上則擺著大大小小的玻璃藝術品，有動物、人偶、迷你袖珍屋、各式器皿。

屋子側邊則有個工作池，擺著製作玻璃用的滾燙金屬工具，整個工作坊散發出一股幹練卻微甜的氣氛。

伊莎老師脫掉石棉隔熱手套，將夾著玻璃原料的工作放到一旁。微濕的瀏海顯示出，她方才正耐著高溫工作。

「來，熱桔茶！是我自己做的，比市面上的苦了些。」伊莎老師先給自己漏氣一番，吐出舌頭傻笑。

「很好喝。」司藍客套地對她點點頭。

每當來到伊莎老師的工作坊，小燕總是有種沉澱身心的抒壓感受，因為她每次來都會和伊莎老師互相訴苦。伊莎老師會溫柔又富同理心地聽著小燕的抱怨，時而皺眉，時而憤慨不平，也會與小燕交換討論著家裡的狀況。對小燕而言，伊莎老師完全經歷過她目前的情況。

「吵架是家常便飯，往往還會攻擊孩子，因為我是獨生女，只好每天選邊站，我會試著說出『爸爸不對，但媽媽也有錯！』等這種看似中立的話，但一這樣說，爸媽就會紛紛指責我，說是我不按計畫出生，才會害媽媽不得不辭掉她夢幻中的大企業工作，嫁給爸爸。她總是抱怨我小時候不爭氣，讓她被爸爸的家人糟蹋，也才會讓她被奶奶欺負。」

「轉移重心去攻擊孩子，太惡劣了。」司藍搖搖頭。他也感受到近幾年來，爸媽遷怒到他與妹妹身上的情況，越來越頻繁。

「過不了多久，我們家也會變得跟伊莎老師家當年一樣嚴重了吧？」司藍憂心地說。

「其實，不只是當年，現在我回家也能每天聽到這些話喔！我就這樣聽了二十幾年……」伊莎老師苦笑，但孩子們可笑不出來。

伊莎老師搬來一台白色筆電放在檜木桌上，將螢幕對著司藍與小燕。上頭正播放著一段編輯中的影片，內容主要是伊莎老師透過手持鏡頭，拍攝自己放在餐桌上的玻璃作品。

影片中，剔透無瑕的琉璃芭蕾女舞者排排站著，彷彿下一秒就會幻化成童話世界中的翩翩精靈，旋轉、舞動起來。

「這是我在家裡拍的。因為有時候會把工作帶回家裡處理，但其實……如果不把聲音拿掉，都會聽到這種對話……」伊莎老師將消音功能取消，影片錄製時的背景聲音，傳入孩子們的耳際。

「爛女人！整天都在看妳這張老臉，能不能不要管我？我愛投資什麼關妳什麼事？投資本來就有賺有賠，不像妳這幾年就只會守死錢，到現在還不是得依賴我？上次人工椎間盤的五十萬是誰出的？是我啊！妳和妳那沒出息的女兒，有辦法嗎？整天只會兼家教、玩玻璃，到現在還嫁不出去！」

一個凶惡的中年男聲不停的辱罵著，小燕不舒服地望了司藍一眼。

「混蛋！誰不知道你在外面不只玩股票，還玩女人！別以為我不曉得！讓我安安穩穩地住在這個家，本來就是你欠我的！我死也不走啦！我走了，沒人煮三餐，你這種爛飲食習慣，一定活不過一年啦！女兒這樣還不是你害的，家裡沒溫暖，她只好往外跑啊！」

「那是我媽媽的聲音。」伊莎老師聳聳肩，將影片暫停。

「抱歉，家醜外揚了，如你們所見，我爸媽年輕時不離婚，現在老了、病了，其實也只能依賴對方，繼續窩在一起。但他們每天卻又看不慣對方的生活方式，彼此折磨、翻舊帳、污辱孩子，以便證明自己都是對的。」

小燕摸了摸伊莎老師的手。

成熟的司藍用濕潤而銳利的眼神望著伊莎老師的筆電，似乎耳畔還播放著影片的爭執聲。他望著眼前影片中美麗的玻璃作品，不敢相信伊莎老師在這種情況下還能進行錄製。

「妳怎麼受得了呢……」司藍問。

「因為我媽媽有些躁鬱症，也有過恐慌症的病史，可能隨時會出現自殘、焦慮的狀況，每天都需要有人在身邊看著。我從大學時每週末就都會回家，碩士時也從不修週五和週一的課程，一週有四天都待在家裡。」伊莎老師露出淒涼的微笑。

「但如你們所聽見的，也許我爸媽內心深處曾經感謝過我，但他們吵架時為了

污辱彼此，就會將我罵得一文不值。」

影片中，小燕聽到許多伊莎爸媽對她的不實指控。在他們的用詞中，伊莎老師彷彿是個墮落又沒用的女人，但現實中，伊莎老師不只經常有講座邀約，工作坊的生意也蒸蒸日上，今年年初還舉辦了個展。

雖然玻璃藝術無法養活她，但伊莎老師在經濟上也從不讓爸媽操心，被她指導過的英文家教學生，每個都考上名校，且與老師保持著良好的互動。這麼優秀的女性，竟是出自於這種語言暴力下的家庭。

她或許曾經想逃，卻因為擔憂爸媽而逃不了吧？

03
我們離婚了

「一直到現在，我如果外出參加講座，或者出國，都會擔心忽然接到媽媽躺在急診室的電話……雖然我爸爸會亂扔東西，並不會真正傷害我媽，但他的行為卻可能觸發我媽的病症，讓她喘不過氣，甚至全身痙攣，送到急診室搶救。平均一年下來至少會進急診室三四次吧！往往都是在我離家的時候。有一次我人在日本，正要享受和朋友逛街時，卻突然接到這種越洋電話，只好花大錢改訂機票飛回家。」

伊莎老師看孩子們對自己的生活如此關心，便毫不隱瞞地讓她們知道真實的狀況。

「當然，我媽一旦身體不舒服，也經常罵我出氣，說我穿衣服沒品味，說我長得醜，說我嫁不出去等等。」她苦笑地說。

「唉！這樣說一個女孩子……真的太過分了。這是媽媽該說的話嗎？」司藍握住小燕的手。

看著原本該純真微笑的妹妹，這幾年因為爸媽的關係越來越不快樂，他心底也亮起了紅燈，深怕小燕會遭遇到跟伊莎老師一樣的狀況。

「其實，全台灣很多這樣的媽媽喔！」伊莎老師聳聳肩，說道：「我加入了一個網路互助會，裡面每天都有許多被父母語言暴力深深傷害的孩子，我還好，因為看了很多諮商的書，所以勉強還能淨空自己。但過程中，我也經歷過一些掙扎的。當然啦……也不是天天都這麼慘，難得遇到爸媽願意跟我出門吃飯時，我還是會在臉書打卡上傳家庭合照，提醒那些曾經看輕我的人，我們家還是能在外表上，看起來跟正常人一樣的……」

小燕點點頭。

她看過伊莎老師的臉書，上頭滿滿都是她的正面訊息，不只是假日請爸媽吃大餐，或者偶爾帶他們去登山半日遊，伊莎老師真的很珍惜父母能「正常相處」的每個瞬間，或許也是為了向她身邊長年的親戚好友，證明自己還算是幸福的吧！

司藍仰起頭，望著綴滿浪漫燈泡的玻璃工作坊天花板。質樸的北歐風梁柱上，爬滿綠意盎然的藤蔓，鵝黃色的燈光搖曳，彷彿伊莎老師方才說的負面話題，只是一場不存在的夢。

司藍真佩服伊莎老師，出身自不愉快的家庭環境，還能打造出這個漂亮的工作空間。就藝術家的觀點來看，或許收入不足以大富大貴，但伊莎老師絕對是個能真正活出自己的堅毅女強人。

「所以，這也是我為什麼會跟小燕說……如果媽媽願意，就趁他們在興頭上，快點離婚吧！雖然由我這個連自己都管不好的外人，來對你們的家務事說嘴，是有些不妥……」伊莎老師自嘲地笑了笑，但眼神卻是滿滿的暖意。

「有時候，爸媽明知彼此不適合卻堅持不離婚，看似幸福，對孩子而言，卻是一種長期的慢性傷害。」

「嗯！我也受夠每天聽爸媽吵架抱怨的日子了，我絕對沒辦法像老師您那樣忍受二三十年！」小燕斬釘截鐵地說。

「欸！」司藍拉了拉她的手，想暗示她說話別太直，以免因此刺傷伊莎老師。

「哈哈，不要緊啦！其實，日本這幾年也興起熟齡離婚，孩子大了，扶養的義務已經大功告成，兩老若相處不愉快，也不必彼此折磨。當孩子離家後，父母也紛紛離婚、追尋自己下半輩子幸福的人，大有人在，更何況是目前位居亞洲離婚率第一位的台灣呢？」

伊莎老師認真地叮嚀道：「不過，你們還是要好好跟爸媽理性地溝通，正面去確認他們真的有離婚的意願，以免彼此誤會，造成更多不愉快。」

「嗯！好的，謝謝老師，跟我們分享這麼多。」小燕爽朗又感激地抱了伊莎一下，與司藍一同起身，向伊莎揮手道別。

轉眼間，散發出靜謐光暈的玻璃屋已經被拋在身後，小燕與司藍心中充滿了勇氣。司藍想著，也許就是因為擁有玻璃屋這麼一個充滿正面能量的心靈綠洲，伊莎老師才有辦法在每天晚上回到那個充滿語言暴力的屋子吧？看看手錶，大約是七點多，雖然小燕與司藍也即將要回到充滿爭執的家，但兄妹倆的腳步並不顯得沉重。他們知道，改變的日子就要來了，不能再拖延下去了。

※

下個週末來臨時，司藍與小燕的計畫其實已經到了尾聲，恰巧因為爸爸買基金沒告訴媽媽的事，讓夫妻大吵了一架。原本司藍與小燕打算將爸媽帶到外頭走走，去漂亮的新公園野餐，好好在藍天下敞開心胸談談離婚的提議，也好轉換父母間的氣氛，不料雙方從週四就開始冷戰，計畫也只得臨時更動。

小燕和司藍先趁陪媽媽去大賣場採買時，在美食街跟媽媽討論，稍晚回家後，兄妹倆則用網路優惠券為理由，帶爸爸去吃火鍋。一開始，媽媽抱怨美食街難吃，氣氛一度弄得很僵硬。

「媽媽，妳為我們做這麼多，每天卻要忍受爸爸的冷嘲熱諷、挑小毛病……真的很辛苦。」小燕以此為話題切入。

大概是因為離開拘謹的家中，媽媽因此敞開了心胸，將平常強忍的委屈全說了出了。

「唉……你們以為我跟這個人住在一起，很開心嗎？」

雖然聽到媽媽說爸爸的壞話，並不會帶給兄妹倆任何快樂的感受，但孩子們知道媽媽為了怕親朋好友們笑話，很少提起類似話題，更沒有抒發的管道，這種時候更該安靜聆聽。

「如果給妳一個改變的機會，離開這個人，那這樣好不好？我會陪著妳，哥哥也會常常來看妳。」小燕開始將話題導向離婚這個可能性。

「那我要怎麼養家？我也沒有工作，不會賺錢，怎麼供妳上大學？」媽媽先是妄自菲薄一番。個性一向陰鬱的她，對自己並沒有信心。如今也已經四十八歲，要重新融入社會、開始「上班」，對媽媽而言的確太殘忍了。

小燕與司藍也開始動搖。

「媽媽……其實妳可以評估看看住在大房子比較重要，還是擁有清靜的生活比較好？」司藍理性地分析道。

「當然啊……為了自己求溫飽，每天給人家吼……我跟下人、奴隸根本沒有兩樣。我如果去為陌生人做家事，得到的反應還可能好一點！」

「這就對了啊！」小燕邊勸，邊覺得自己和哥哥就像洗腦集團。但媽媽已經習慣被爸爸精神轟炸，而且關在家中太久了，不多說一點，她或許很快就會被自己內心的負面想法給擊敗。

「媽媽……我們真的是不忍心看妳每天這麼辛苦，為爸爸打轉，卻換來自己的不開心……妳不是常常說想學點才藝、想多交點朋友嗎？」

「我也不知道……我只是說說而已，交朋友什麼的，也是很麻煩的。如果能跟孩子、丈夫幸福安穩地生活，那才是我最想要的。」

媽媽掛著黑眼圈，抬頭孤寂望著兩個孩子的模樣，讓司藍與小燕很心疼。什麼時候開始，很難得外出的媽媽，在外頭的燈光下看起來如此格格不入且蒼老？髮絲添了許多花白的媽媽，總是自己剪髮，再綁成鬆散的馬尾。

她老是穿著菜市場買來的樸素衣服，臉上也脂粉未施，再加上失眠、五十肩等症狀，媽媽看起來更是虛弱而落寞。晚婚的她，曾經被外婆嘲笑她「嫁不出去」，因而背負了許多壓力，對自己更是沒有信心。而當媽媽產下司藍、小燕之後，又努力為孩子、為丈夫奉獻了十多年……

這樣的媽媽，難道就要一輩子衰弱、不快樂下去嗎？平常也不是沒鼓吹過媽媽思考離婚的可能性，但看到媽媽這麼為難，小燕與司藍反而感到愧疚起來。

「媽媽，不管妳做什麼決定，我們都會支持妳的。」小燕將自己的手疊在媽媽手上，司藍也緊握住媽媽的手。

當天稍晚，小燕與司藍又帶爸爸外出去吃火鍋，打算提起離婚這件事，探探爸爸的口風。

「離婚？那是婚姻失敗的人才會做的事情！我這兩年不是都有陪妳媽媽去諮商嗎？」

「你也沒有去幾次啊！本來要夫妻一起去的諮商，最後都變成媽媽自己去。」小燕開口就想指責爸爸，司藍卻搖頭阻止了她。

爸爸喜歡聽甜言蜜語與正面讚美，一旦被指責，理智就會斷線。兄妹倆特地挑在外面餐廳討論，一方面是因為爸爸喜歡吃外頭的食物，另一方面是想讓爸爸不敢隨意像在家中那樣，邊吃邊罵人。

「我是說，可以考慮！畢竟你跟媽媽住也不快樂，這點我們都看在眼底啊！」

「是啊！她每天關在家，一看到我就要跟我鬥，又愛翻舊帳，我怎麼快樂得起來？每天回家很累，還要看她那張老臉！」爸爸邊嚼著火鍋食材，邊無奈地嘆氣。

小燕聽了，怒火中燒。但她也明白，夫妻間的問題並不是她選了邊站，或是指責其中一方就能解決的。

司藍冷靜地替爸爸倒著飲料，緩緩說道：「是啊！如果離婚，我和你一起住，爸爸你想吃什麼就吃什麼，要吃外食我都可以幫你買回來，晚上也能吃宵夜，請你朋友來唱卡拉ＯＫ，當黃金單身漢，很自在啊！每天不用跟媽媽吵架，耳根也清淨多了。」

就當小燕敬佩司藍竟能順著爸爸，用如此輕鬆的語氣展開說服之際，卻也看到司藍的眼神閃爍。當他內心掙扎的時候，總會露出這樣矛盾而細微的表情。雖然隱藏得很好，但畢竟是自己的親哥哥，小燕一眼就看穿了。

「哥哥也偽裝得很辛苦吧……」明知道哥哥是心疼媽媽的，卻要用這種方式來遊說爸爸。

遲鈍的爸爸，反而天真地呵呵笑了起來。

「哦！黃金單身漢啊？那樣倒也不錯啊！」

「是啊！明明知道有讓日子比較輕鬆的過法，為何還要讓自己的生活變得這麼累，每天回家還得氣得要死？」司藍又說。

「還好，我們是個別跟爸爸談，媽媽不會聽見。」小燕無奈地想。

深深呼了一口氣，她也用柔軟而平穩的語氣，正視著爸爸的眼睛。

「爸爸，對不起，雖然平常我很愛唸你、糾正你措詞，但那是因為我希望你能跟媽媽好好相處，但也許我錯了，你也盡力了……一直勉強你，你大概也很累，不如就跟媽媽好聚好散吧！你永遠是我敬愛的爸爸，我還是會常常來看你，陪你一起看歌唱節目，也可以跟哥哥陪你一起去旅行啊！」

看見難得放軟聲調的女兒，竟用貼心的神態說著話，爸爸似乎也有了些動搖。

「真是不成體統，小孩子來勸大人離婚……」雖然嘴上唸著，但爸爸接下來卻安靜了好一段時間。

小燕與司藍彼此對看著，知道這個提議，終於在爸爸心中種下了種子。

只是，種子何時發芽……大概就只能問天了。

04
悲傷的禮物

在那之後，大約又過了一個多月，天氣越來越涼，小燕參加的游泳部，每次練習完都需要徹底沖熱水澡、吹乾頭髮，才不會生病。因此，每逢週一、週三晚間，她都要忙到晚間七點多才能回家，這兩天爸爸的健身房課程會提早結束，比她早返家吃晚餐。

這小小的作息調動，在普通的家庭或許根本不算什麼。但已經連續數週，迎接小燕回家的，都是爸媽驚天動地的吵架聲。

「你們家沒事吧？」偶爾出門澆花時，小燕也會遇到鄰居委婉地詢問。每每她都很想找個地洞鑽下去。

「我看，我還是退掉游泳訓練算了。」小燕對司藍說。

「不，妳難得有機會好好運動，一定要繼續去練習。我看我還是把作文補習退掉吧！這樣就能早點回家，阻止爸媽吵架了。」司藍才這麼說完不到幾天，下一個週三又到了。

這天，小燕圍著圍巾騎車回家，特地為了游泳訓練剪得更短的短髮，則塞在粉橘色連帽外套中。

「好冷……秋天真的結束了！」小燕邊呼著氣，邊順著下坡一鼓作氣騎回家，將腳踏車停進家門。

出乎意料地，今天特別安靜。靜謐的鵝黃燈光在花園造景中一一亮起，讓人有種溫暖的期待。

「也許，爸媽並不是真的那麼愛吵架吧？看，今天不是安靜了？」小燕偷偷地開心著，用鑰匙轉動大門。

門開的那瞬間，她才感到奇怪。整棟房子靜得像被消音一樣，客廳與廚房的燈光卻亮著，空氣中瀰漫著的怪味。

「啊！是瓦斯……」小燕連忙遠離電源開關，打開門窗。一向謹慎的媽媽，竟然忘了關瓦斯。濃濃瓦斯氣味讓小燕頭暈目眩，視線所及卻不見半個人影。

出事了。

「媽媽！爸爸！」清楚地看見一樓沒人，小燕又衝上二樓、三樓，連四樓的視聽室也不放過。

「奇怪……」正當她想起該打電話詢問時，樓下傳來手機鈴聲。小燕匆匆忙忙地跳下階梯，在轉彎處扭了一下。

「啊！好痛！」

她拖著紅腫的腳踝，跑向沙發，掏出書包中的手機。三通未接電話，全是方才她騎車回家時爸爸打的。

「喂……爸？怎麼了！你和媽媽去哪了？」

「小燕……」爸爸沙啞而虛弱的聲音，聽起來竟是如此陌生。

「媽媽剛剛說喘不過氣來，我送她去急診了……」

「那……媽媽現在呢？」

「剛剛吃了藥，睡著了。我匆匆忙忙出門，燈應該忘了關吧？妳幫忙關一下，再搭公車過來醫院。」

「其實，你瓦斯也沒關。」

小燕心中充滿對爸爸的憤怒，真想怒氣沖沖地指責他。

「好，我知道了。」

其實，這不是媽媽第一次掛急診了，自從夫妻關係急轉直下後，媽媽就失眠得很嚴重，身體狀況也隨之每況愈下。經常頭暈目眩又貧血的她，每天不只要吃一大堆更年期的補充保養品，還常常去醫院報到，先前也因為精神不濟跌倒、機車擦撞的問題掛急診。媽媽更常在跟爸爸吵架後，發生過度換氣的狀況。

「八成又是歷史重演了……還好沒事。」小燕含著眼淚走回廚房，一面提醒自己要機警地檢查瓦斯、爐火，一面走去關閉門窗。無論她怎麼樂觀地安慰自己，還好媽媽「這次」沒事，但一想到往後爸媽不曉得還要經歷多少這樣的事，眼淚便止不住了。

玄關前傳來鑰匙開門的聲音。

「怎麼了？」司藍驚慌地從門後探出頭。「妳要去哪？爸爸的車子呢？」

小燕哽咽地解釋道：「哥哥……媽媽……媽媽又掛急診了。」

「好了，別哭了……我們去搭車吧！」

司藍感到百感交集，但是看到妹妹已經哭成淚人兒，他自然必須扮演起堅強冷靜的大哥角色。扶住小燕的肩頭，司藍替跑得滿身大汗的她蓋上厚外套。他用銳利的眼神確認著門窗，再鎖好大門。

如果鄰居此時探出頭來，大概會看見穿著制服的國中生女孩，跟著她的高中生哥哥走出社區，往公車站牌走去。

「唉！又是很常吵架的那一家人喔！」他們或許會默默地如此說道。

※

來到醫院外頭，只看到爸爸煩躁地在急診室外的人行道上來回踱步，一手拿著剛點好的菸。

小燕記不起上次親眼看到爸爸抽菸是什麼時候了，似乎是她幼稚園時，爸爸同事來家裡玩，他們在陽台邊抽菸邊談話。在那之後，爸爸幾乎就沒在他們面前抽過菸了。小燕很討厭菸味，讓人急躁又心煩，就跟現在的爸爸一模一樣。

「爸爸！我們來了！」司藍帶著小燕走過馬路時，揮手叫住他。

爸爸這才回神，將菸蒂丟到地上踏熄。

小燕本想質問爸爸為什麼沒有陪著媽媽，但看到爸爸愧疚又坐立難安的模樣，心想他大概知道錯了。其實，爸爸很少是非不分，他對著媽媽吼時，多半也是明知故犯，吵架過後，他常會因自己的無力而顯得鬱鬱寡歡。

「媽媽在急診室最角落的病床，剛打針下去，讓她放鬆全身肌肉，應該還要睡一陣子才醒來。醫生說她也有過勞現象，大概很久沒有好好睡了。」爸爸說話時眼神一直往急診室外的馬路飄去，因內疚而不敢看著孩子的眼睛。

小燕與司藍趕到媽媽身邊。媽媽蠟黃而虛弱的睡容，像被吸走精氣的人偶，縮在棉被中的手臂也瘦骨如柴。

不敢發出半點聲響吵媽媽，司藍沉靜地在不舒適的急診室板凳上坐好。

「請問……」小燕走到隔壁床，對著整理床鋪的護士阿姨問：「我媽媽剛剛打了肌肉放鬆針，醫生有說會睡多久嗎？」

「可能要一小時以上，但如果提前醒了，也沒有關係，跟醫生說完就可以準備回家了喔！」護士阿姨慈祥又好奇地打量了一下小燕與司藍。

這位兄妹長得有些相似，還穿著制服就趕來，眉宇之間都是清秀文靜的模樣，透露出早熟的氣質。

阿姨苦笑道：「奇怪，你們都很乖啊！怎麼剛剛送進來她罵成那個樣子……」

「我媽媽在罵？她罵什麼？」

「醫生一看就說這個病人壓力很大，明明換氣不順了，還滿是怒意，吸完氧氣之後稍微有力氣，就一直對著妳爸爸罵。」阿姨小聲地回答，但一看到其他護士對她使眼色，就打住不說了。

「不好意思，這是你們家務事，只是看你們都這麼乖，你爸爸看起來也是正經的上班族，實在想不出為什麼妳媽媽會這麼緊張。」

「老問題了。」司藍壓抑著慍色回答：「她之前也常因為過度換氣來急診，醫生可能是看到病歷才這麼說的。」

護士阿姨點個頭後，就走到急診室另一頭去了。

司藍無奈地嘆了口氣，轉頭對小燕說：「護士是想問八卦啦！妳不用回答。」

「我倒覺得她是好意……」

「對著別人家務事說長道短的，並不是好意啊！」司藍仍舊看起來不太開心。

小燕心想，或許哥哥已經到了會因為家醜外揚而尷尬的敏感年紀了。自己雖然遲鈍了點，倒也不是無法瞭解他的心情。

「好了，媽媽沒有生命危險了，妳們不用太擔心。爸爸買了晚餐來，你們先吃吧！都正在發育，餓過頭不好。」一身菸味的爸爸毛毛躁躁地提著便當來，指著急診室外的大廳，要孩子們先去吃飯。

爸爸伸長手臂將便當遞過來時，袖子因此往上縮起。就在這瞬間，小燕看到爸爸袖內的繃帶。

「爸，你的手……」

「哦！這是好幾天前的傷了，妳現在才發現啊？」挖苦的語氣之下，是爸爸不安的苦笑。

「怎麼弄傷的啊？」司藍拉著爸爸的袖子，發現爸爸從手腕到手肘都包著一層繃帶，裡頭透出黃黃的藥布。

「是扭傷嗎？你去看中醫喔？」

「禮拜二早上我把車子拿去保養廠，騎機車代步，恰巧妳媽媽早上一直吼我、罵我，害我出門前心情不好，滑出下坡就跟人家擦撞了。對方是個阿婆，一直說要告我，事後我只好拿了六萬跟她和解。」爸爸漲紅著耳根子，試圖輕描淡寫。「你們不用擔心啦！有簽和解書了，國術館說這也沒有骨折，因為怕造成家裡騷動才沒跟你們講。」

「家裡已經夠騷動了。」小燕忍不住還是頂了爸爸一句。

「唉！你……之前我送你的一本書上說，雖然住在同個屋簷下，但要試著情緒獨立，別因對方的情緒而影響到自己的生活作息，甚至是人身安全啊！」司藍也不禁想開導爸爸。

「不需要你們在急診室這種地方教訓我啦！」爸爸氣呼呼地抽走便當。

「總之，不要在這裡吃飯，太難看了，要吃就來大廳找我。」

看著爸爸幾乎是逃離急診室的狼狽模樣，小燕與司藍感到一陣空虛。急診室一角，躺著車禍的青少年病人、腸病毒的小朋友、胃潰瘍的阿婆，大家身邊圍繞的家人都安靜又平和。

「不像我們家，老讓人看笑話。」小燕忍住眼淚，司藍揉了揉她的肩膀。

「對不起啊……都是媽媽沒用，讓妳們丟臉了。」床頭傳來虛弱的聲音，媽媽正緩緩睜開眼睛。

「媽媽，妳醒了！」小燕連忙環住媽媽的脖子，司藍也握住媽媽的手。

「唉！不要擔心了。我沒事了。今天我在鬼門關前走了一遭，所以失去理智，以為自己就要死了，連忙把想說的、想罵的都大聲吼出來……我就是不想讓妳爸爸輕輕鬆鬆逃過這一劫啦！我要讓大家都知道，他是個多麼爛的男人。」

媽媽眼中流動著冰冷的恨意。但聽著自己的親生母親辱罵父親，兩個孩子自然也不可能感覺多舒坦。

「媽，沒事就好了。」

「不，你們也聽到了……你爸剛剛才在怪我唸他，害他出車禍，反正他在這世界上的不如意都是我害的，而我的不幸也都是他帶給我的……事已至此，老是讓你們擔心，我們這對父母就太說不過去了。這次我們都命大，我是小症狀，你爸也是小車禍，但是……下次呢？」

方才藉由藥物，終於能好好休息，媽媽的目光清亮起來，語氣也鏗鏘有力。兩個孩子聽在心底，茫然地回頭望著媽媽。

是啊！下次呢？爸媽會繼續吵架，說不定哪天還會爆發肢體衝突，或許因為情緒而再度影響生命安全。

「我不能再這樣下去，浪費自己的時間，也耽誤你們的前途……你們都還是學生，是最需要專心用功的時候。要你們整天圍著我們的情緒跑，是很不公平的。」

「媽媽……」

兄妹倆望著媽媽掙扎地從病床中緩緩坐起。雖然神態有些侷促，但媽媽的目光卻炯炯有神。

「我和你爸爸，還是先分開住一陣子吧！妳外婆今天也打電話來，說海邊那棟老房子隨時歡迎我們回去住。」

小燕簡直不敢相信自己的耳朵，她驚喜地望著司藍。

司藍臉上出現了複雜的表情。他很高興媽媽終於做出了決定，但接下來顯露在他清澈瞳孔中的，卻是無盡的落寞。

「我們要分開了。」小燕望著哥哥，默默想著他不願說出口的那句話。

雖然今晚這麼折騰，但聽到媽媽的決定，小燕卻打從心底感到開心。即使是晦暗的急診室燈光，在她眼底都變得明亮且溫暖起來。

「搬回去之後，我就可以跟媽媽去最愛的海邊散步了。」小燕親暱地撒嬌道。

而媽媽虛弱的臉龐，也終於露出了對未來的希望。今晚或許悲傷，但小燕卻覺得自己的家庭得到了一絲祝福，開啟了一個名為「可能性」的新禮物。

小燕緊緊抱住哥哥司藍。司藍用大手環住她的肩膀，對媽媽認同地點了點頭。

「媽媽，加油！不管怎麼樣，我都支持妳的決定。」

05
新環境新生活

微濕的冬雨打在海濱的石板路上，點綴著小草的紅磚道前，有一處老透天厝，屋子模樣不怎麼起眼，無任何裝飾的水泥牆上，充滿了抓漏師傅修修補補的痕跡。

一位消瘦的灰色捲髮老婦人彎著身子，裹在披肩中探望著外頭。

雨絲洗去了城市的喧囂，灰濛濛的水氣，讓遠方一向湛藍美麗的海景，變得模糊不堪。

「啊！終於來了。」

老婦人露出些許煩躁的微笑，望著一輛裝滿家具的藍色小貨車駛向自家門前，附近的流浪狗機警地吠了幾聲。

小貨車前座是女婿，那個總讓女兒傷心的人。

但倘若自己沒硬要女兒趕快結婚，或許也不會讓她在家庭生活中倍受折磨。老婦人無奈地反省著自己，強打精神，豁達地對女婿打了聲招呼。

「媽。」爸爸尷尬地回答。

老婦人將眼神飄到車上的另兩個微笑身影，他們正跳下車，往她而來。

「阿嬤！」小燕甜甜一喚。

「喔！還好有你們這兩個可愛的孫子。」阿嬤摸摸小燕清秀粉嫩的臉頰，又摸摸越長越高的司藍。

「最近很辛苦吧?不要緊，事情我都聽你們爸媽說了，在我這裡要住多久都可以。」阿嬤望著開始協助爸爸搬運行李的司藍。

「司藍啊!你回去跟爸爸住，有什麼委屈也要告訴阿嬤，沒有錢的話就跟阿嬤說。」

「不會啦!」司藍怕爸爸聽到這些話又要嘔氣，故意爽朗地笑笑。「阿嬤，免煩惱啦!」

「台語還是一樣說得這麼不標準，你們爸媽真是的，根本沒有好好教你們。」阿嬤嘴裡碎碎唸著，卻充滿一股暖意。

看小燕推著幾個行李箱進門，原本裝著孤單藤椅與破舊電視櫃的大廳，也逐漸被孫女的家當填滿，阿嬤傻笑著，有些不敢相信，自己今後不用再孤零零一個人住了。

「媽呢?這些是媽媽的東西，要放哪裡呢?」小燕問。

「阿秀等等就會回來了，她去鎮上幫我寄信。」阿嬤回答。小燕的媽媽已經在前幾天抵達，並在這裡住了好幾晚，母女倆談起人生的無奈，不免有些迷惘。但是能在這種時候互相陪伴，阿嬤仍感覺甜蜜又溫馨。

對於要搬進來陪媽媽跟阿嬤住，小燕的心情雖然也帶著幾絲雀躍，但實際上她更不捨那些跟哥哥一起躺在舒適大房子中的日子。即使阿嬤的房子不算差，但畢竟是五六十年的老房子了。

小燕的房間是以前的牛棚改建的，雖然梁高，天花板又寬高，睡起來卻有點怕怕的，偶爾也會撞見蟲蟻在門檻、牆垣開派對，這種景象對於都市小女孩而言，仍需要適應。

「來，阿嬤幫妳拿！」發呆了幾秒，阿嬤已經扛著小燕坐慣的書房木椅進門。

「唉呀！我自己搬啦！阿嬤！」

「麥囉唆啦！是看我老了，沒有用了嗎？」阿嬤豪邁地頂嘴，露出一抹笑意。

阿嬤身體硬朗，平常不但管理自己的小菜園，還會去鄰家的果園幫忙工作，更會在大清早搭上鄰居的貨車，拿蔬果去市場販賣。若遇到假日閒暇時間，阿嬤還會去堂哥家的狗園當義工，替狗群點除蚤藥。此外，阿嬤還是鎮上長青會的幹部，經常踩著腳踏車，到處商討活動舉辦的事宜。

雖然已經八十幾歲了，前幾年還跟著舅舅去歐洲玩了兩個月。跟這樣的阿嬤同住，照理來說並不會有什麼壓力，小燕與司藍小時候也偶爾會回來過夜……

「一切都沒問題的。」望著堆滿自家雜物的偌大新房間，小燕告訴自己道。

書桌、雙人座沙發、單人床、廚房的鍋碗瓢盆、抱枕、書籍、瓶瓶罐罐等衛浴用品……爸爸與司藍幾乎將媽媽與小燕常用的家具也都搬來了，這是應媽媽的強烈要求，爸爸才勉強答應的。

「現在不一鼓作氣搬來，我和小燕還得三不五時跑回去拿嗎？」

對於母女倆要搬走的事情，爸爸自覺挽留也沒用，若是媽媽真的願意留下來，自己也未必就能換心轉性，也只好順著媽媽的意了。

※

「爸爸對自己根本就沒有信心，反正要是妳們不搬走，家裡就一直會處於戰爭狀態，與其苟且偷安，長痛不如短痛，大概是這個意思吧！」小燕離開的前一晚，司藍對她說。

當時兄妹倆在小燕的房間裡打包，望著小燕書架、櫥櫃、桌面上、地板上的東西都被收得一件不剩，司藍百感交集，但也只能幫著收拾，藉由忙碌的動作來打斷自己哀愁的思緒。

收啊收，到了晚間十一點，整個房間唯一沒被裝箱、打包的東西，只有小燕那張鋪著碎花床單的床。

「今晚還要睡，這就不用打包了！」司藍苦笑道：「雖然東西都收乾淨了……但未來妳若想回來住個幾天，還是很歡迎喔！」

「嗯！」小燕微笑。雖然她無法想像未來會在什麼情況下回到這個家，但此番話聽在她耳裡，是非常心酸的。這個曾經稱作「家」的地方既溫暖又舒適，未來竟要禮貌性地經過媽媽、爸爸、哥哥三人的同意與准許，才能回來住……真是太奇怪了。

未來想跟爸爸與哥哥見面，勢必也要向同住的阿嬤、媽媽報備，才能表示對兩方的尊重……為什麼事情會變得這麼複雜呢？

「算了，既然這是我和哥哥自己的選擇，也怪不了誰，只是……一時間還難以適應而已。」

望著被收拾得空蕩蕩的房間，小燕瞧向對面敞開的房門。

哥哥鵝黃色的溫馨房間，刷上土耳其藍的牆，上頭貼著照片與明信片，哥哥的用品整齊地擺在架上、桌上、床頭……未曾移動過半分，跟小燕那空空如也的房間成了鮮明對比。

最後一晚了，果真還是很捨不得。

「哥哥……」小燕叫住正要回房的司藍。

「怎麼了？」

「今天晚上……我睡在你房間好嗎？」

司藍先是露出不解的驚訝表情，但一接觸到小燕悵然眼神時，他明白了。

「真拿妳沒辦法。」司藍揚起嘴角微笑。

「來吧！我打地鋪就是了。」

小燕回過神。

如今，身處在阿嬤家的她，嗅著新房間空氣中的淡淡霉味。小燕想，自己不會忘記哥哥那時的溫柔笑容。

哥哥在弄懂她的心思之後，眼神中總會湧出不捨的細緻暖意。即使雙方從今天起就將分住在不同的家，但未來的每一天，他們將永遠是兄妹。小燕望著房門外幫忙搬著物品的哥哥，如此感激著。

「至少我還有哥哥。」

看著哥哥奮力幫忙搬「家」的身影，小燕心中也湧起對新生活的勇氣。

此刻她望著阿嬤家的舊房間。雖然一抬頭就是高挑的天花板與木頭梁柱，甚至還瞥見了壁虎鄰居匆匆爬過的身影，但小燕相信，自己能習慣的。

「要開始想想這個房間該怎麼布置了……書桌怎麼擺，牆壁漆什麼顏色，床頭要朝向哪裡，地板雖然是老式黃磁磚，但鋪上一點地毯作為點綴，一定也很耐看又好清理。」務實地抱著這些想法，小燕打量著新房間。

「我的新生活，就要在這裡開始了！」

※

「聽好了喔！這邊的被動詞加過去式，後頭又接了一個子句，跟我們在十三課學的不一樣……」年輕男老師在英文課堂上賣力地解說著。

畢竟是明星高中，老師的資質與熱誠都非常足夠。

相反地，司藍卻在課堂上發著呆。已經連續三四天沒見到妹妹，雖然每天都會用ＬＩＮＥ聯絡，但與妹妹之間的感覺卻變得像網友一樣，有些不太真實。

這幾天來，若是遇到爸爸晚回來的日子，司藍就買兩人份的便當回家，反之亦然，爸爸也會替晚歸的兒子買晚餐。早餐則是父子各自出門時在路邊買，午餐自然也是外食。

不知道是因為吃了高鹽分、高熱量的食物，還是單純想念媽媽與妹妹，司藍感到最近記憶力與集中力都變差了，上午在課堂中甚至昏昏欲睡。

「完全沒有幹勁啊……」望著課本上的英文字體飄浮成一團一團的黑色雲霧，司藍感覺有些想睡。

以往司藍帶著疲憊返家時，總會有各式料理的香氣從廚房瀰漫到整個家中，讓他由衷感到一陣放鬆。但現在，卻什麼氣味都沒有，得自己打開電燈，自己走向餐桌，從袋子中拿出便當。

記得媽媽與小燕搬走的隔天晚上，爸爸立刻叫了披薩當晚餐。

「今後可以不用管媽媽說什麼，想吃什麼就可以吃了，很好吧？過去我們很少吃外食，而且也很少吃大餐，之後每週末爸爸都帶你去外面吃，你就負責逛逛網路部落格的食記，陪爸爸去好吃的店探險！」故作爽朗地說完，爸爸哈哈大笑。

司藍牽動嘴角跟著陪笑，心底卻笑不出來。

少了媽媽與妹妹，這父子倆的大餐，真的能稱上是大餐嗎？

「哇！好吃！快來吃啊！會涼掉喔！你看，這個地中海口味加了很多很香的橄欖！」當時爸爸似乎為了掩飾寂寞，在司藍面前吃得津津有味，咬著比薩露出滿足的神情。

每天父子倆吃完晚餐之後，都會看著電視簡單交談幾句，然後就各自上樓。這個家少了爸媽激烈的脣槍舌戰，耳根子清淨許多，卻也顯得有些寂寞。

而小燕離家之後，每天不需要花費太多時間陪妹妹做功課，連帶也節省不少時間，司藍總是關燈早早上床，將身心沉浸到耳機的音樂中。原本是該好好入睡的，身體卻不覺得累，腦子也總是運轉著，直到凌晨才終於入眠。

照理說，司藍得到的休息時間比以往足夠，平常經歷完一整天的上課與補習，理當夠累了，為什麼卻總是失眠呢？

「鄭司藍，請回答接下來這個問題。」老師的呼喚，讓司藍回到了現實中的課堂。

「第三十二頁，第三大題。」一個氣音從他身後提醒著。

司藍將眼神聚焦回課本，回道：「前面的被動態拿掉，受詞換成主詞。」

「嗯！答得很好。不過，上課還是要專心喔！」老師看見司藍氣定神閒地逃過一劫，仍說了他兩句。

危機解除後，司藍回頭望著後座的同學。

他是阿克，雖然長著幾顆青春痘，戴著斯文眼鏡的他卻有著白皙柔和的臉龐，身材很高大。阿克他才轉學來沒一個月，就進了籃球校隊，透過比賽的實戰成績，成為學校的風雲人物。

阿克跟司藍並非多要好，事實上，司藍跟班上同學都不怎麼要好。並非他故意疏遠同學，只是，司藍每當用臉書刷到這些假日總是跟爸媽出遊吃大餐，寒暑假還能出國遊玩的同學時，總覺得自己跟他們很不一樣，彼此間也沒什麼共通的話題。

這一所明星高中很重視文武雙全的教育風格，同學們多半會參加各式各樣的社團，只有司藍，參加的是音樂鑑賞社，大家分別聽聽各式曲風的音樂、寫寫心得、讀一讀報章雜誌的樂評，如此而已，也很難跟同學建立起什麼深刻的情誼。

「反正，交一兩個朋友或許還好，交一大群朋友就很麻煩了。」司藍沒忘記高

一運動會、高二園遊會的那段籌備期間，每天都得跟同學黏在一起，連假日都硬要湊在一起團練，讓他感覺十分窒息。

難道一定要很有人氣，臉書上很多讚，才稱得上是優秀的高中生嗎？司藍完全不這樣認為，他甚至讓自己故意落單，維持舒服且簡單的生活步調。

下課鈴響了，班長上台搶著宣布事情。

「今天午休要進行全校幹訓喔！這個學期要參加期中幹訓的人有誰？」班長總是點出風紀股長、學藝股長等幹部，最後才想到：「哦！還有鄭司藍。」

「嗯！」司藍舉起手回應班長。

就連他抽籤當上的幹部，也是一個容易被遺忘的職位「環保股長」。環保股長要處理的事情其實十分重要，卻經常被眾人所忽略——那就是整理垃圾、清運廚餘和回收物品，通常這樣的工作可以請值日生代勞，但因為值日生也屢屢假裝忘記這件事，最後收拾殘局的往往就是司藍自己。

「沒關係，與其到處拜託別人、糾正別人，我自己放學前拿去回收場，還比較輕鬆。」

今天也是這樣的一天，午休開完會議，下午又以沉重的眼皮撐完了四節課，回家前還得抱起裝滿回收物的大紙箱，前往操場附近的回收區。

若是遇到不需要補習的日子，每天做完這項工作後，他會靜靜地順道在操場跑一公里，才拎著書包返家。

「嗨！」司藍跑步時，和阿克擦身而過。他爽朗地朝自己打招呼，不知道為什麼，看見阿克那志得意滿的陽光模樣，司藍就感到一陣氣憤。

「喔！你不去校隊練習嗎？」

「我手扭傷了，所以這週都改為鍛鍊腿力，不拿球，直接跑操場，這樣也就不會對教練不好意思了！」

阿克一副面面俱到的模樣，讓司藍感覺他是個很早熟的傢伙。這點或許跟自己一樣。

「先走了喔！我接下來這兩圈都要衝刺！」阿克加快速度，手揮了一揮就往前跑去，拉開了與司藍之間的距離。

望著高大的阿克那顆清爽的平頭，司藍調整呼吸，也用力追了上去。轉眼間，他超越了阿克，但對方也不甘示弱，再次加速越過了司藍。

司藍索性踢掉球鞋，赤腳奔馳。阿克回頭看見他這番動作，也立刻踢掉球鞋。

赤腳奔馳的兩個男孩在磚紅色的跑道上衝刺時，夜色也悄悄地降臨了。

冬天總是天黑得特別快，抵達終點的阿克喘著大氣，叫住司藍。

「欸！你今天不用補習吧？要一起去吃飯嗎？後門那間新開的拉麵店好像很好吃喔！」

「不了……我要回家吃。」司藍意識過來時，自己已經開口拒絕。

他拿起扔在跑道旁的書包，裡頭的手機有封簡訊。是爸爸傳來的，語氣中透露著興奮。

「我終於排隊買到大名鼎鼎的花家壽司了，今晚吃壽司！」

是的，司藍告訴自己，他要回家，陪辛苦一整天的爸爸一起吃飯。

抬起因狂奔而無力的腳，司藍緩緩地隻身朝校門口前進。

06
脣槍舌戰

雖然已經用過晚餐了，但飯菜香仍在舊式的三口灶廚房中揮之不去。仔細一聞的話，還能嗅到空氣中有著煎魚的酥脆油香味，中間點綴著甜甜的麵食氣味，紅蔥頭在大骨湯中化開的味道，也依稀可辨。

餛飩麵配煎魚，佐上一盤青江菜，這便是小燕今晚的晚飯。轉學的第一星期，她很努力與班上同學打成一片，還主動參加了壁報布置比賽。小燕的成績不差，特別是英文，經過家教老師伊莎長年的指導，因此她在學校的課堂表現出色，被任命為新的英文小老師。

也因此才到新環境沒幾天，全班都能輕易叫出她的全名，老師看見她也總是笑容可掬。這麼使勁地付出自己、鞭策自己，一回家還能見到阿嬤與媽媽的微笑，小燕感到很開心。

吃過晚餐後，她會幫著她們收拾廚房，再趁著阿嬤與媽媽在客廳看連續劇時，回到房間寫功課。

小燕已經摸熟了從新學校騎單車回家的路，穿過幾處靜巷，接著在海邊石板路下坡滑行，穿過充滿狗吠聲的鄰村，一切都越來越熟悉。

「已經不用再走之前那些路回家了……」

但每當小燕踏進阿嬤家時，總會害怕，自己有一天就這樣，忘記了和哥哥與爸爸住過的「舊家」該怎麼走。

回到牛舍改建的大房間，小燕在書桌上寫著週末的採買清單，想請媽媽給她買一塊不要太貴的地毯，用來改善房間內微冷的氣氛。她甚至在居家布置的網路部落格爬文，打算將阿嬤留下來的破木櫃漆成白色，讓充滿土黃色調的新房間別那麼沉悶。

想了許多心事，做了幾題功課，聽見客廳傳來的阿嬤笑聲，小燕仍感到無聊。是的，她並不覺得寂寞，只是無聊，真的只是無聊而已……

「哥哥，回家了嗎？」她拿起手機，用軟體傳ＬＩＮＥ給司藍。

「嗯嗯！回家了喔！剛洗完澡！妳呢？」司藍也總是不辜負小燕的期盼，速速回訊。

「能跟你講電話嗎？」

「當然好啊！」

小燕撥通電話。

聽到電話接通時哥哥那聲沉穩的「喂」，總讓她由衷感到開心。

「嗨！哥哥。」

「嗨！最近怎麼樣？新學校還習慣嗎？」

「嗯！我參加了壁報比賽，老師還請我當英文小老師！」

電話的那頭，傳來了一陣沉默。

「嗯……妳不用這麼拼命的啦！別太勉強自己了喔！」

「沒有啊！我哪有勉強！」

小燕有些不開心，哥哥竟然沒有稱讚她，反而是說這種掃興的話。其實她孤零零地在新學校打拼了幾天，只是想聽到一句褒獎的話，沒想到司藍卻好像認定她無法做好似的，反而叫她別勉強。

照理來說，這次爸媽分居，司藍所受到的衝擊是比較小的，因為跟著爸爸的關係，他不需要換學校，更不需要搬家，但小燕透過手機聽到哥哥的聲音時，卻直覺他也有些悶悶不樂。

小燕才想到這裡，司藍就換了個較為和緩的語氣問她：「那妳今天在學校還好嗎？」

「嗯！剛剛都跟你說了，算是很順利吧！」

「不是那些……」

司藍更進一步地問：「妳還好嗎？會覺得很無聊、孤單嗎？」

「不會啦！我還有你啊！」小燕故作堅強，不想抱怨。

阿嬤家多不方便、新學校帶給她的壓力多大……這種事就算說了，哥哥又能有什麼辦法？與其開口給人製造困擾，還不如不說了。

「嗯！我們會沒事的。」電話那頭的司藍語調樂觀，像是想起了什麼。

「我有個朋友，他的爸爸媽媽也分開了，但他都沒事，過得很好，我們也設法像他那樣就行了。妳也多多交朋友，多為自己安排一些活動吧！我們為爸媽做得已經夠多了，剩下的，就是他們自己的事了，我們把自己的身體與心情都照顧好，才是最重要的。」

聽到哥哥穩定又睿智的語氣，小燕的情緒瞬間也平復不少。她倒是對哥哥所說的這位朋友感到相當好奇。

因為，哥哥很少有值得提起的朋友。所謂的朋友對他而言，應該只是上學路上打打招呼，或事一起完成分組作業的對象罷了。

「哥哥，你這位朋友也是單親家庭？」

「嗯！」司藍面對小燕的疑問，只覺得有些頭昏。沒想到小燕這麼快就將自己劃分到「單親」家庭的範疇中。對司藍而言，他雖跟爸爸同住，心倒是仍常常放在媽媽與小燕這裡，也會與她們通電話，這樣也算單親家庭嗎？

一連串的疑問，讓司藍感到筋疲力盡，與妹妹說電話的時間竟然帶給自己這麼多壓力，他感到一籌莫展。

他懶得跟小燕講自己的心情，就以「還有功課要寫」為由，結束了對話。

原本以為跟妹妹相處的時光總是快樂自在，為什麼雙方一旦沒有住在同個屋簷下，就連說個話分享心情，都顯得有些陌生？

「我也該振作起來了。」

司藍收起手機，望著書桌上早已寫好的功課。他拿起參考書翻了幾下，開始預習明天的功課。雖然說要「振作」，但司藍完全不曉得，自己該往哪個方向振作才好。

今天的晚餐時間，爸爸又抱怨小燕不孝，選擇跟媽媽而不跟他住，因為司藍也勸到無力了，實在不知道該拿這件事怎麼辦。有時候只是想找個人好好說說話，卻不知道該信任誰，若是告訴妹妹自己的一堆煩惱，對於搬家、換學校都不抱怨的小燕而言，自己豈不是又太「草莓」了？

想著、想著，心情很亂。司藍便開始聽起鄉村音樂，這種旋律，一開始雖與他的情緒格格不入，但聽了幾首之後，司藍的心情彷彿也如野馬般，在廣闊的藍天下奔馳了起來。

打開黑色的筆電，他上了部落格網站首頁，申請了一個帳號。隨著滑鼠飛快地在螢幕中游移，司藍寫了篇新文章。

劈哩啪啦地敲打著鍵盤，司藍將自己這幾天以來的心情毫無遺漏地打進了部落格中。他從沒想過，原來書寫是一件這麼療癒的事！寫下自己的困擾及情緒，並努力做出結論，那些如小蟲般侵蝕著心靈的繁雜壓力，全都隨著耳邊的歌曲煙消雲散了。

發布文章後，司藍想了想，還是不希望讓自己以外的人看到這種充滿真實心情的文章，便將整個部落格上鎖起來。

「好，這樣就萬無一失了吧！」司藍吐了口長長的氣，露出微笑。

※

小燕在煎蛋與爆蔥的濃烈香氣中醒來，耳邊聽到的除了廚房的鍋鏟聲之外，還有媽媽與阿嬤的高聲對話。

阿嬤家的臥房大歸大，隔音卻很差，小燕房間隔壁就是廚房，依照阿嬤每早清晨就起床的習性，以往能睡到六點半左右的小燕，現在足足提前了一個多小時被驚醒。

「唉……要再麻煩媽媽跟阿嬤，不需要這麼早就進廚房啊！」小燕迷迷糊糊地用棉被蒙住頭，本想再替自己爭取一下睡眠時間，但廚房傳來的對話聲，卻似乎越來越高亢。

「所以妳這孩子從以前就是不行！這種個性，讓人怎麼幫妳？妳老愛說我偏心，妳自己呢？就是不爭氣啊！」

「這跟以前的事情又有什麼關係！」

小燕忽然明白，原來阿嬤與媽媽正在吵架！抖落了一身的睡意，小燕連忙裹在棉被中，像毛毛蟲般移動身體，聽著隔壁的對話。

「妳看看，我生了這麼多女兒，就妳最晚嫁，現在還給我鬧離婚，厝邊頭尾都知道了，雖然我不會覺得怎樣，但妳本來就是最沒用的一個！事實也擺在眼前，我是想說再差也是我女兒，才接納妳，給妳一個棲身的地方，沒想到妳處處跟我頂嘴！」

阿嬤指控媽媽的字字句句，都充滿惡意。

小燕害怕極了，這真的是昨晚那個與媽媽一起和樂融融收看電視的阿嬤嗎？她也是一個母親，為什麼卻用這種方式跟女兒說話呢？

小燕想起了伊莎老師，她的媽媽就是這樣說話的……

「搬走？妳想搬去哪裡？妳沒錢又沒勢，誰來給妳靠？還不是得回來我這裡！」阿嬤繼續罵道。

「不要罵了！」小燕衝進廚房，打斷阿嬤的言語攻勢。

她望向爭得面紅耳赤的媽媽與阿嬤，雙方的臉孔早因憤怒與爭辯而扭曲變形，母女倆是如此相似、如此可怕……

「啊！小燕，沒事，阿嬤從以前到現在，對我們講話都是這樣直接，媽媽也習慣了。」媽媽露出尷尬的微笑，而阿嬤也已平靜了下來，故作鎮定地背過身，繼續炒菜。

「呵！妳媽媽也不是省油的燈，她罵我的話，比我剛剛說的惡毒多了咧！」阿嬤幽幽地補上一句，深怕外孫女誤會自己是在「欺負」媽媽。

然而，小燕認為，無論阿嬤再怎麼偉大，或者是媽媽的「媽媽」，她都不該這麼隨口傷人。

「這是親子同住的現實生活耶！若真心為對方好，怎麼會弄得像罵人比賽一樣難堪？」小燕心想。

「其實喔！剛剛只是妳阿嬤要幫我介紹工作而已啦！阿嬤真的沒有惡意喔！」

看著媽媽不斷解釋的模樣，小燕心想，自己要是再一臉防備至極的激動模樣，反而顯得不近人情。她只好假裝軟化下來，半信半疑地點了點頭。

「是……是什麼樣的工作呢？」

「是一個去鎮上店鋪幫忙的工作啦！但是時薪太低了，所以我就拒絕了。反正住阿嬤這裡，也不用繳房租；妳和我的生活費，先用我年輕時打工的積蓄暫時墊著，我每個月給阿嬤五六千元作為孝親費，還算說得過去啦！」媽媽苦笑時的脆弱模樣，讓小燕很心疼。

於是，她上前抱了媽媽一下。

「好啦！乖孫，來吃早餐，真孝順。」阿嬤也收起凶惡的臉孔，端著煎好的蛋餅招呼道。

「謝謝阿嬤。」

上了餐桌之後，小燕仍轉頭觀察媽媽的表情。看媽媽替阿嬤夾菜、端湯，一臉沒事的模樣。小燕真覺得媽媽好堅強，被人這麼凶惡地對待，竟然還能像沒事人兒一樣，把情緒收拾起來。

她回想起媽媽曾經告訴她的往事。媽媽念的是普通的專科學校，靠付出勞力半工半讀，寄錢回家。畢業之後就回來幫忙阿公開會計事務所，隨後阿公病倒，媽媽與阿嬤相依為命，其他的阿姨都在台北結婚生子，也很少回來探望。後來，媽媽終於在阿嬤努力請人幫忙「相親」的狀況下，跟小燕的爸爸結婚了。

仔細一想，媽媽在外頭「吃頭路」的經驗寥寥可數，只有一兩次，賺的錢幾乎都給了阿嬤，不然就是花在結婚買房上。生產之後，媽媽又專心帶孩子、操持家務，也難怪她沒什麼積蓄。

小燕認識的同學媽媽多半是職業婦女，擁有獨立的經濟來源。不過，她們很少像小燕媽媽那樣整天在自家親手煮三餐。只是若要比較起來，分居之後，媽媽的經濟狀況就顯得特別吃力了。

「媽媽，我今天不想騎腳踏車，等等妳用機車送我出門上學好嗎？」小燕心疼媽媽，便想找機會和她獨處。

回想起來，媽媽搬到阿嬤家之後，母女倆還真的沒單獨講過話呢！不管做什麼，阿嬤不是在隔壁房間，就是在同個房間，小燕與媽媽很難有機會講講心底話。經過這次事件，小燕隱約感受到，媽媽其實常常要看阿嬤的臉色。

畢竟這個家的主人是阿嬤，即使是親生母親，難免仍有寄人籬下的不便吧！

「抱緊喔！」媽媽對機車後座的小燕說，小燕也親暱地用手環住媽媽的腰。從小到大的習慣，至今都沒有改變。冷冷的冬天不需要靠自己踩腳踏車，而是能躲在媽媽身後，感受媽媽的體溫，小燕覺得自己幸福極了！

「媽媽……工作的事情妳不要急，妳一定能找到喜歡的工作！」

「真的嗎……哈哈！我只是個老女人，在外面工作過的時間也只有那短短的一兩年，應該不會有人要我吧！」雖然看不到媽媽此刻的表情，但小燕知道媽媽一定是用苦笑的神情，自嘲地說出這番話。

「不會啊！像麥當勞、超商都很鼓勵二次就業，妳可以試試看，也不需要整天都待在阿嬤家，跟阿嬤大眼瞪小眼。」

「是啊……」媽媽呵呵一笑。

「對了，小燕，剛剛聽到的事，妳完全不需要在意，阿嬤氣起來本來就容易口無遮攔啦！她也是關心我，才會這麼生氣。」

「嗯！我不會怪阿嬤，不過，我還是希望自己的媽媽可以不要被那樣責罵。」

小燕堅定且真誠的語氣，溫暖了媽媽的心情。

「好的，謝謝妳……乖女兒，還好媽媽有妳，妳當初要是選擇跟著爸爸，媽媽就什麼都不剩了……一定會沒有勇氣離開那個家。」

機車騎過海風吹拂的路口，小燕感覺自己溫熱的眼淚浸濕了她安全帽下的臉龐。幾分鐘後，母女倆將機車停在校門口，彼此話別。

「媽媽，妳不要擔心，只要我們每一天都盡力的活著，好事情一定會發生的！」

「好，今天我們就各自去努力，妳認真讀書，媽媽也會去就業站走一走，認真找工作、認真面試的！」

「媽媽，加油喔！」

望著媽媽騎車離開的身影，小燕在心中暗自禱告著，請上天幫助辛苦一輩子的媽媽。她這才體會到，經濟能力對一個女人來說多麼重要。而無私的付出未必能換來感恩，這也是大人世界的殘酷。

小燕拍了拍自己的臉頰，重新圍好圍巾，快步加入校門口其他同學們的行列。

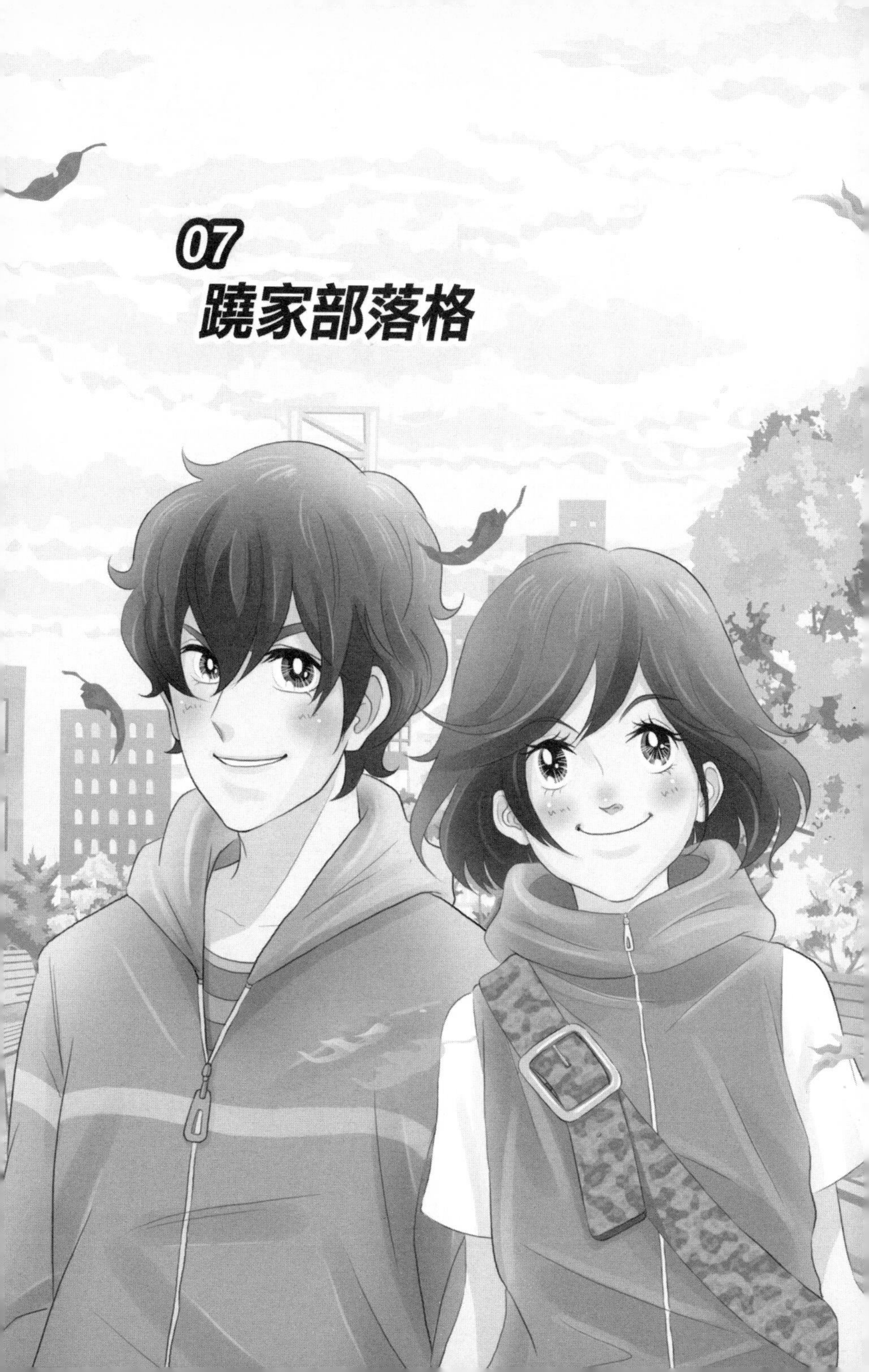
07
蹺家部落格

「我們最近不常見面，如果有什麼事不方便用通訊軟體聊，就用寫的吧！我覺得用寫日記的方式，比較能抒發出真正的心情喔！」司藍傳訊息給小燕，附帶上一個部落格的網址。

原本在書桌前對著電腦打瞌睡的小燕，好奇地點進哥哥貼的網址裡。

「『您沒有瀏覽本部落格的權限』，咦？」小燕正覺得奇怪時，哥哥就傳來了部落格的帳號及密碼。

「全世界只有我們兩個知道這個部落格，不管是爸媽、同學，或者路過的網友都絕對看不到，所以，就盡情地把妳想抒發的事情寫出來吧！」

司藍又補上一段說明，句尾，他加上了一個燦爛微笑的表情符號。

「原來是這樣，只有我跟哥哥看得到這個部落格！」小燕興奮地輸入帳號與密碼，一襲海藍色的畫面映入眼簾。

「天空的兩端」。

望著部落格的名稱，小燕感覺心情舒暢許多。網誌目前只有兩篇文章，都是哥哥在幾天前寫的。

「不知道為什麼，忽然覺得自己活了十幾年，始終把家庭放在首位，是不是錯了……總是在擔心媽媽的身體狀況，又怕爸爸情緒不好，不知道從什麼時候開始，已經沒辦法輕易把家裡的狀況對朋友說出口了。說了又能怎麼樣呢？他們也無能為力啊！不過……我還是有點羨慕小燕，在學校和補習班都有很多要好的朋友，但卻被逼得轉學、跟媽媽住，還要換新環境。不只是我，很多她熟識的老同學都暫時見不到面了，如果我覺得孤單，小燕一定也是吧？為什麼轉學的不是我呢？反正我也沒什麼真正要好的朋友，默默離開或許也是好事。雖然從爸媽分居之後，我一直想著『得交些朋友和多給自己安排些活動』才行，但越想認真實行，越覺得自己才應該是那個搬到新環境的人啊！現在我的生活，就像一灘死水，怎麼努力去攪，也只是覺得自己好蠢罷了。」

小燕才讀了幾個字，就因為字裡行間的孤獨情緒而久久說不出話。

「原來哥哥曾經有過這些想法……」小燕雖然心疼，但讓她更訝異的是，哥哥好久沒有像這樣說出內心的話了。

透過文字讓小燕觸碰到自己的心事，對哥哥來說一定也是不容易的吧？

畢竟小燕眼底的哥哥，總是一副鎮定又從容的模樣，不像自己一樣既愛哭又愛說話。

其實，在小燕記憶中，哥哥國小時雖然不擅長與人來往，但至少也有幾個同學偶爾會約他出去打球，甚至到家裡作客。但自從爸媽的情況越演越烈之後，也就是哥哥國中畢業之後，他的確都是形單影隻……

「原來這麼出色的哥哥，也會覺得寂寞啊？」

「哥哥，我們該做的都做了。從今以後，你就連過去幾年的份一起彌補回來，多跟朋友出去，少回家裡，試試看這樣的生活，也許也不是壞事！爸爸又不是小孩子了，他也應該多去跟其他熟人交流，而不是整天和你關在家裡！當然，我和媽媽也會努力做一樣的事情，家庭雖然重要，但只有家庭真的不行，你會越來越不快樂的喔！」

小燕打了一堆回覆，卻又覺得自己很自以為是，忽然對哥哥說教了起來。雖然是兄妹，卻不能隨意留言，小燕覺得自己也真夠奇怪。或許，小心翼翼地守護著彼此，才是兄妹之間感情能這麼融洽的原因吧？

隨手點回網誌後台，小燕開始寫起了新文章。原本只是想寫給哥哥看，但不知不覺，語氣變得更為真摯舒坦，似乎是為了自己而寫了。

「哇！哥哥的做法真的很聰明耶！光是把內心的事情寫出來，原本悶悶不樂的感覺就好了一半啊！」小燕邊讚嘆著，邊興致勃勃地敲下每個字句。

寫到一半，ＬＩＮＥ又響個不停。

原來是一些舊學校的朋友們，她們大多知道小燕父母分居，捎來訊息關心。

原本，小燕只是告訴幾個比較好的同學，沒想到這會兒以前的同班同學卻都知道了。雖有種隱私被揭開的感覺，但也只能往好處想，大家也是出於好意，才來瞭解她的狀況。

「這週末出來聚聚吧！我和琦琦她們要去看電影喔！」老朋友櫻櫻問。

這票同學們約的地點，距離小燕外婆家約有四十分鐘的巴士車程，光往返就至少要花上八十分鐘了，小燕雖然覺得麻煩，但仍迫不及待地回覆。

「週六見！好久沒看到妳們了！」

小燕先是這麼回覆之後，便開始研究目前新學校使用的ＬＩＮＥ群組，上頭總是貼著班上與學校的最新訊息，也會討論困難的作業解法，甚至還會有各科小老師提醒小考的時間。

當然，小燕剛參加的美勞布置小組成員，也會在裡面討論相關事項。

目前話題正進行到材料的採買。小燕的組長，也是新學校的學藝股長巧萱，正在群組中發言道：「我今天已經把布置比賽的方向定出來了，因為時代不同了，現在學校又大推環保議題，所以這次的布置材料，乾脆都採用環保或可回收的東西怎麼樣？」

「好主意！不然每次做完壁報和外牆布置，學校子母車都會堆滿一堆塑膠和保麗龍垃圾，我看了壓力都大了！」

小燕真心贊成巧萱的想法，自然也全力護航她的意見。外型出眾、個性活潑的巧萱，在小燕轉進新學校之後也對她很親切，而且她又是班上重要的角色，小燕知道這樣的人物，絕對是自己爭取好感的對象。

「謝謝小燕相挺！」巧萱顯然龍心大悅，一連貼了好幾個喜孜孜的兔子表情符號。

「因為時間已經很趕了，我們這週六就去資源回收室找一些能用的材料吧？」她要求道。

小燕正要答應，卻想到方才已和老朋友相約週六要看電影了。

「不好意思，下午我可能無法去，早上行嗎？」

「可是，早上我爬不起來耶！」群組中的其他小組成員紛紛表示抗議。

「週末早上本來就是要睡覺啊！約下午吧！」

小燕也只好順從大家的意見，但她也隨即私下敲了巧萱，向她請假。

「不好意思，人手已經不太夠了，若是小燕可以抽個半小時來幫忙，對我來說也是很大的幫助喔！」

在巧萱伶牙俐齒的攻勢之下，小燕只好勉強排出週六的行程。

下午一點學校集合，幫忙找布置材料，下午兩點趕到市區，和老朋友相約看電影。東接洽，西確認，小燕忙著在ＬＩＮＥ上跟老朋友、新同學確認行程，一下道歉、一下為難，還好大家也都很隨和，要她當天不用趕行程。

「但……怎麼可能不趕嘛！」小燕嘆息。

不過，要是雙邊都拒絕，自己豈不是一週七天都待在阿嬤家，只能聽著阿嬤與媽媽繼續針鋒相對嗎？

「還是得出去透透氣啊！」小燕關掉手機，揉揉發痠的眼睛。

自從爸媽分居之後，原本以為生活會輕鬆很多，但怎麼感覺更加忙碌了呢？小燕回想起到新學校的這兩週，自己表現得十分活躍，在學校努力爭取同學的認同，只要聽到老師的稱讚、同學的讚美，她就覺得自己的辛苦沒有白費，甚至家裡的壓

力也跟著煙消雲散……然而時間漸漸地不夠用了，每天回家除了忙社團作業、準備考試之外，還要聽媽媽與阿嬤對彼此的抱怨，又要和哥哥保持聯絡，充實是充實，但心裡的疲憊卻一直沒有消失……

要不是今天哥哥邀她一起寫部落格抒發心情，恐怕此刻心頭的壓力，會更顯沉重吧？

「也許，週末見到老朋友、好好去看一場電影、出去買點小東西、走一走，一切就會好多了吧？」

小燕睡前做了幾個伸展操，帶著期盼爬上床。夜裡，阿嬤家的梁柱傳來幾聲壁虎的叫聲，彷彿在開舞會般熱鬧。雖有點恐怖，小燕卻打從心底羨慕起那些夜夜笙歌的壁虎們了。

※

坐在教室窗邊，司藍俯瞰著校園的一景。噴不出水的噴水池旁，有一群女孩子正在打掃。其中有個女生發現了司藍的視線，但他也毫不迴避，面無表情地繼續看著風景。

司藍的眼睛就像狼一樣，眼型稍長，孤高中又帶著寂寥的氣質，笑起來像彎月一樣，幾乎看不到眼白，讓人覺得很溫暖，甚至會讓人誤會他是個很好親近的人。

因此，司藍不常笑。明明小燕也跟他一樣擁有類似的眼神，但小燕卻是個愛笑的孩子，瞇起眼時就是所謂的「笑不見睛」，幾乎沒有眼白給人的殺氣，在面相學來說也是很受歡迎的一種特徵。

看著妹妹小燕在網誌上寫的日記，說週末行程滿檔，還得趕場，司藍心底還是有些羨慕。不知道什麼時候開始，因為很難對同學說出自己家裡的狀況，他也越來越不喜歡他人問起爸媽的事情，甚至也因此，容易在談話間變得綁手綁腳，話不投機。

「欸！你再繼續看下去的話，那些女生會開始討論，你是對她們其中哪一個有意思喔！」

說話的人是阿克，正掛著爽朗的笑容朝司藍走來。

「我哪有在看她們，只是外掃時間隨便看看罷了，累了一天，眼睛看點綠色的東西比較舒服啊！」原本正在擦拭窗戶的司藍，將抹布往桶中一丟。

「你這樣亂看，會讓她們誤會你對她們也有意思喔！」阿克呵呵賊笑道。

「什麼啊！」

「那些女生可是暗戀你很久了，還會調查你的事情耶！畢竟你是人氣一哥，任何私事都逃不過她們的嘴啊！」

「少來了，證據在哪？」司藍不甘示弱地問阿克。

「我有聽到她們說，你現在跟你爸爸住了。」阿克真誠地微笑。「因為我自己也是單親，所以無意間就記住了這件事。」

沒想到竟然有人能率直地說出自己是單親，司藍有些不知所措。阿克之所以願意忽然敞開心胸，或許是因為信任自己吧？想到這裡，司藍原本不屑的神情也變得彆扭起來。

「是喔！原來你也是單親啊……」

「我爸在我小時候就因為車禍去世了，媽媽一直沒再嫁。」阿克稀鬆平常地進一步說明道：「總之，就變成這個樣子囉！我倒是羨慕你跟爸爸住呢！畢竟很多話題是無法跟媽媽聊的啊！」

看到阿克挑眉搞笑的模樣，司藍也卸下了心防。

「哼！就算跟爸爸住，還是有很多事不想跟他聊好嗎？」兩人哈哈大笑。

同學們看到一向文靜冰冷的司藍竟然襯著窗邊的午後陽光笑出了聲，也特地多看了幾眼。

「是說……我加入你的社團，音樂鑑賞社了。」阿克用閃亮的眼神期待地對司藍露出笑容。

「一個球隊的副隊長，來參加我們鑑賞社做什麼？」司藍漫不經心地說。

「別這樣嘛！偶爾也想陶冶性情啊！」

「聽你這樣說，更覺得我們社團不適合你。」

就在阿克與司藍一來一往時，上課鐘也響了。司藍想了想，今天的自己竟然跟同個人說超過十句話以上，還真是罕見。

當老師走上講台，大家起立行禮時，後座的阿克又湊了過來問：「這星期要聽哪張專輯呀？不要故意告訴我錯的名稱喔！」

「我像是那種人嗎？」司藍煩躁地從抽屜中拿出自己已經聽完的ＣＤ，遞給阿克。

「哇！是要直接借給我嗎？感恩！這樣就不用去找了！」

雖然沒有回應，但司藍的臉上牽起微笑的弧線。

※

週六早上，小燕在家裡幫著阿嬤曬棉被，冬天的棉被又厚又重，而小燕早已有自己的羽絨被可以蓋了。面對多到用不到既佔空間又發霉的被子，阿嬤早想清理之後拿去送人，卻又不曉得該送去哪。

一連搬了幾床棉被，小燕也不免唉聲嘆氣。

「唉！我趕快找到工作搬走，妳就不用老幫阿嬤做這些粗重的家事了。」媽媽從後方替小燕拿穩被子，心疼地說。

「沒關係啦！我們幫阿嬤做點事也是應該的。等粗重的事都做完了，我們再搬走也不遲。」小燕苦笑。

想到過幾天還要刷洗五六個舊鍋子，她也只能努力表現出樂在其中的模樣，以免媽媽肩上的擔子更加沉重。最近，雖然媽媽有試著參加各種服務業的面試，但不是體力不堪負荷，就是因為不會用文書軟體而苦惱著。

「如果媽媽一直找不到工作……可能就得向爸爸要贍養費了。」

「是啊！爸爸有能力啊！他應該給我們的！」小燕一面附和道，但心中總有種對爸爸的虧欠感。

畢竟，爸媽目前只是分居階段，還未走到真正的離婚，況且媽媽也沒有錢再請律師去爭取更多的贍養費，種種大人世界的規則，讓小燕頭痛欲裂。

「下午就能去見見老同學，一起看電影了！我要打起精神！」小燕一面想著，一面完成艱鉅的曬棉被任務。

聽著阿嬤與媽媽彼此脣槍舌戰，度過了難熬的午飯時光。接著，她快速換上漂亮的衣服，奔向公車站！

「自由了！」

小燕望著海藍色的窗景，心情也跟著豁然開朗。

她忽然有個點子，便用手機登入了哥哥的部落格。小燕動動手指，將原本的部落格名稱改為「蹺家部落格」。

雖然這麼做時，有種背叛似的小小罪惡感，但小燕的心情卻變得更加輕盈。

「哥哥，我把部落格的名稱改掉了。」

為了表示尊重，她傳訊息給哥哥說明道：「為什麼要叫『蹺家部落格』，是希望至少在這個空間裡，我們可以不用一直只想著家裡的事情，讓心情放輕鬆，遠離家裡的紛紛擾擾，把思緒都專注在自己身上！」

「很好耶！」哥哥的回應，讓公車上的小燕笑臉盈盈。

「雖然我們一輩子都是爸媽的孩子，但還是要先把自己照顧好才行！」司藍回道：「我也會努力往這個方向邁進的！妳今天也要好好玩喔！」

「嗯！好的！」一面豪爽地回覆哥哥，小燕快步來到新學校的資源回收室，組長巧萱一襲白色休閒服，滿意地朝小燕揮了揮手。

「好，來！我們開工吧！」小燕渾身幹勁地說道。

08
難以兩全

長馬尾高高綁起，巧萱遞出自己畫的設計圖給布置組的組員們，雖然是週末，但全組都到齊了，這也表示巧萱的號召力十足。不開玩笑時的她其實頗有威嚴，甚至有種高傲的冰山美女氣勢，與嬌小可愛的小燕截然不同。

「設計圖這麼快就出來啦！好好看喔！」小燕真心地稱讚著巧萱一絲不苟的設計圖。

裡頭的插畫不但精美，各物件的位置、使用方式及材質都說明得非常清楚，完全看不出是出自一個國中女孩之手。

「還好啦！」巧萱被讚美，理所當然地笑笑。

小燕知道出自富裕家庭且漂亮的巧萱，一定很常聽到各種稱讚，或許也不會把自己真心講的話放在心上，一想到這裡，難免有點寂寞。

但時間不多了。在這裡忙不到一小時，小燕就必須趕往市區赴電影之約了。也因此，她比其他女同學都更賣力地尋找用來做布置用品的回收物，甚至站在散發出異味的寶特瓶堆中尋找。

「妳有看昨天的『甜心大作戰』嗎？」相對於身後的組員文文與阿詩頻頻聊天偷懶，小燕在短短的時間內就將自己的塑膠袋中裝滿搜集好的大量素材，並交給巧萱。

「哇……動作真快，這麼多啊！」

「抱歉，因為我等等就要走了。」

「這樣嗎？」出乎意料地，巧萱非常驚訝，彷彿小燕根本沒有告訴過她這件事情似的。

「嗯！我有在ＬＩＮＥ群組裡跟大家說了。」

「唉！一定是訊息漏掉了，人多嘴雜的，可能我也漏看了吧？」巧萱聳聳肩，但臉色仍顯得有些不快。

「好啦！既然妳堅持要先走，就只好這樣囉！」

「謝謝喔！不好意思，那我先走了！」小燕一一朝大家道別，這才發現其他女孩都露出一臉驚訝的模樣。

「妳才來一小時，就要走了喔？」

小燕不好意思的解釋著，說自己本來半小時前就該出發前往市區，只好一一說抱歉，帶著不舒服的心情匆忙離開。

「我不是事先有講了嗎？竟然這麼多人不知道？」望著手機上的時間，小燕感到十分著急，偏偏校門口的公車又拖了十分鐘才姍姍來遲。

「電影要開演囉！妳人在哪呀？」此時，ＬＩＮＥ群組也傳來老朋友櫻櫻的詢問。小燕只好老實告訴她們，自己最快也要半小時後才能到。

「別等我了啦！妳們先進去看電影吧！」

「那妳等等怎麼辦？這樣好奇怪喔！還是我們看下一場？不過，筠如和小翠她們都是四點就要走了。」

「沒關係，不用等我，先看吧！」小燕從沒遇過這種狀況，自己也慌了手腳，只能不斷地在訊息中重複「沒關係」與「抱歉」。

等了一會兒，她在搖晃的公車中焦急地計算著路程，手機也終於漸漸安靜了下來，不再有新的通知。

「大家都已經進電影院了吧？唉！是我自己不對，又能怪誰呢？」小燕的心情十分沮喪。

公車於下一站緩緩停靠，緊接著上車的，竟是一個熟悉的倩影。

「伊莎老師！」

「啊！小燕啊！真巧！」綁著側邊馬尾、穿著鄉村刺繡白底洋裝的伊莎老師，笑得燦爛。

「老師今天好美啊！沒想到能在這裡看到妳，要去市區嗎？」

「對啊！今天有約會！」伊莎老師露出難得的害羞微笑。「唉！也太久沒看到妳了，跟媽媽搬去外婆家之後，明明離我的工作室比較近了，但妳好像忙得一直沒時間過來……還能適應嗎？學校和家裡，一切還好嗎？」

看到伊莎老師真摯詢問的溫柔表情，小燕一陣淚意湧上眼眶。這幾週來，這世界上會認真這樣問她好不好的人，除了哥哥之外，就是伊莎老師了。

「我過得很辛苦……但一切還可以啦！」小燕也不諱言自己身心俱疲，老師摸摸她的髮梢，兩人如姊妹般一起在公車座位上坐下。

「原來是這樣啊！真的是很辛苦呢……到處都是需要妳煩心、傷神的事情。」傾聽完小燕的近況，伊莎老師便開始安慰她，小燕的眼淚便不爭氣地滑了下來。還好她天生是開朗體質，情緒也是一下子就發洩完了。

「呼！把自己的委屈說出來，好舒暢啊！」

明明哭不到一分鐘就止住了眼淚，小燕竟然有種跑完一公里的滿足兼疲累感，肩上的重量也彷彿被清空了大半。

「傻孩子，若有什麼想聊的地方，隨時來工作室找我啊！」伊莎老師微笑。

話說回來，小燕倒是對春風滿面的伊莎老師感到很好奇。

「老師……妳交男朋友啦？什麼時候的事情呢？」

「不是正式的男朋友啦！但已經是好久不見的優質桃花了。」伊莎露齒一笑。

「我也很期待呢！現在正是要和對方多出去走走，增加認識彼此的機會。」

「老師平常住在家裡，面對爸媽的情緒已經很辛苦了，能多多出去外面透透氣也很不錯呢！」小燕有感而發，也將蹺家部落格的事情告訴伊莎老師。

「這是『文字治療法』啊！透過自由的書寫，抒發心情與壓力，很好呢！」伊莎老師贊同地點點頭，繼續說道：「我也經常寫日記，將自己不同時間點的情緒記錄下來，偶爾遇到困難的事時，回去翻翻以前自己體悟過的感想，就會增加了一些勇氣。」

小燕這才知道，伊莎老師也是長年使用這種方式，將心情抒發出來，並整理一番。難怪她即使經常壓力纏身，卻在工作上井井有條。不過，老師的私生活倒是一直很平靜，相較於同齡的女孩都一一結婚或熱戀，伊莎老師則是一直維持著單身。

「每次我交男友，為了不讓我爸媽過問，我都是保密到家的……我媽媽先前有過跟蹤我男友的紀錄，說什麼只是擔心我，不想讓我跟她一樣嫁得不好……」

小燕倒抽了一口氣，叫道：「天啊！很恐怖耶！還好沒把妳男友嚇跑！」

「其實，他還真的被嚇跑了。」伊莎老師苦笑了一聲。

就在這瞬間，小燕看見她眼中散過一絲自卑的黯淡情緒，像冬日的街燈一樣讓人心冷。

「唉！我媽媽從以前就是這樣，每天的開場白就是『妳絕不能嫁到妳爸那種男人！人生會毀掉的！』哪個孩子喜歡聽到母親這樣說父親呢？而我媽媽對我的感情事，也多是詛咒和批判。關心與祝福的話語，是不可能從她口中說出的……她真的有被害妄想症，又管我管得太多了。」伊莎老師似乎是想了一下，才決定對小燕毫無保留地說出困境。

「我媽她呀！總是把自己婚姻上的不滿，全都發洩到我身上。雖然我會努力告訴自己別跟她計較，但卻無法防著她不去找我男友的麻煩。有時候，我媽甚至在我尚未向對方告白之前，就擅自跑去調查對方，甚至會阻止我去和對方見面……」

「伊莎老師……真的是苦了妳了。」小燕由衷地環抱伊莎的肩膀，卻也不免慶幸，媽媽在離開爸爸後已經比較少發牢騷了。她每天忙著找工作，倒也不會用這種激進的方式妨礙她的生活。

「所以，我現在一律不跟家人說感情事，寧願被說嫁不出去，也不要一有進度就跟他們報告。我想，等到我跟男友感情穩定了一兩年，或是等到論及婚嫁時，才會讓他跟家人有所接觸吧！如果到時候還是溝通不良，我也必須為了下半輩子的幸福，做出取捨了。」

看著伊莎老師篤定的神情，小燕用力的點了點頭。

伊莎老師繼續說著：「目前，因為我媽身心狀況都不太穩定，我仍會試著努力照顧她，但如果她的態度依舊是那樣，我也不是沒做過最壞打算……」

雖然有些不明白老師的意思，但小燕知道，伊莎老師把最寶貴的青春，貢獻在與家人同住這件事上，除了孝順之外，更是一種深切的犧牲。若狀況未改善，她還能再犧牲到什麼時候？相信聰明如伊莎老師，並不會沒有考慮。

「老師，我覺得妳目前的想法很好……雖然我還是個小鬼頭，但如果老師能夠交到一個能長久支持妳的男友，好好享受對方的疼愛，那也是很棒的事！妳本來就該值得享受這種幸福啊！」

「嗚嗚……我的寶貝學生小燕，果然最懂我了！」

下公車時，老師又恢復了開朗的神情，重拾約會前的興奮悸動，對小燕揮了揮手。小燕望著老師的背影微笑，感謝老師陪她談話，讓她度過方才焦慮的時刻。

「啊！糟了，公車竟然這時候才到站……電影已經開演四十分鐘了！」

小燕匆匆忙忙趕到約定好的電影院，卻站在票口發呆。同學們早已進去了，倘若她現在買票進去，不但看不懂電影，也無法立刻打開話匣子，更不可能在漆黑的電影院拉著同學聊天敘舊。

畢竟，這種時間點，誰要理她呢？

「唉！該進去嗎？感覺很浪費票錢……」

小燕左思右想，決定傳訊息給同學們。

「不好意思，我現在才到！請問我是要進去找妳們嗎？可以跟我說座位幾號嗎？還是我等妳們看完出來，大家再一起去哪裡走走？」

等了十分鐘，一個回覆也沒有。

「唉！大家果然在忙著看電影，連回訊的功夫都沒有。是我自己太白目了……還是在外頭等吧！」

電影還有五十分鐘結束，這段時間不曉得要如何打發，小燕望著林立著各色商店的鬧區，驚覺自己也好久沒出來逛逛了。

「上次經過這裡，應該是急著要去醫院急診室看媽媽的時候吧！唉……跟那時相比，我的生活或許也有點進步吧？至少，現在能安心地逛逛街了。」

小燕走進書店，邊看著新上架的可愛和風紙膠帶，邊逛著文具賣場。一會兒，她又走到新書區，翻翻最新出的青少年奇幻小說。等到電影差不多快結束時，小燕又趕回電影院門口，等待老同學們。

「啊！這邊！這邊！抱歉我遲到了！」看到昔日好友一臉滿足的慢慢從電影院晃出來的模樣，小燕迎了上去。

「不好意思，我與筠如有事，已經要回家了。」小翠尷尬地點頭一笑。

「唉！真是對不起！」小燕急著上前說道：「我太晚到了，都沒跟妳們好好聊聊！」

「沒關係啦！妳搬到那麼遠的地方，還特地來！」小翠、筠如寒暄完，就並肩離開了。

才短短幾分鐘的對話，原本四人的組合就少了兩人。一旁文靜的琦琦則望著櫻櫻的臉色。因為櫻櫻一向與小燕感情較好，個性也較外放，話不多又隨和的琦琦一向都聽櫻櫻的。

「接下來我們去吃下午茶吧?雖然剛剛才吃過,好像又餓了,哈哈!」櫻櫻不想讓小燕敗興而歸,便如此提議。

經過一番折騰,在櫻櫻的主導之下,三人這才在一間蛋糕店坐了下來,小燕難堪的情緒也終於漸漸散去。在等待菜單上來的同時,櫻櫻和琦琦大聲聊著方才電影的內容,把細節通通講光了,原本小燕想再找哥哥一起去看的,也只能在一旁無奈地聽著,又無法加入討論。

「唉呀!我覺得男主角最後把錢還給黑道的舉動,真是太浪漫了!一切都是為了女友啊!」琦琦臉泛紅暈,難得打開話匣子的她,與櫻櫻一搭一唱。

「對啊!其中一個黑道長得好像林阿蛙喔!」櫻櫻挑眉笑道。

「對對對!我也這麼覺得!哈哈哈!」

兩人哈哈大笑的同時,小燕努力地跟上話題。

「那個……林阿蛙是誰呀?」

「哦!」櫻櫻恍然大悟地望向小燕。「對喔!這妳不知道。林阿蛙是隔壁班新來的班導,原本看他帥帥的,沒想到聽他們班同學說他常常打嗝,太好笑了!超像青蛙！」

「打嗝是胃不好吧？應該沒有人會希望被大家聽到自己打嗝……這不是應該去看醫生嗎？」小燕問：「是說打嗝像青蛙，所以好笑？」

「唉！不是！我們也不是在笑他打嗝，只是他這個人本身就長得很像青蛙！」解釋多了，櫻櫻也不免不耐煩起來。畢竟很多事情是只能意會，無法言傳的，小燕追根究柢的態度，讓兩位老同學也有些難以招架。

「我一直覺得林阿蛙跟阿齊的路線是很像的……都是好笑的男主角。」琦琦遮嘴笑了起來。

「我懂！我懂！」櫻櫻再度爆出笑聲。「哈哈哈！聽妳這麼一說，兩人根本是同一種風格啊！接下來會不會出現顧美跟阿齊湊對呢？我們補習班最近還有人看到林阿蛙的女朋友本人，超級、超級瘦！可惜沒看到正面！」

「阿齊是誰呀？」小燕真心聽不懂，只好再度發問。

「中國連續劇『還情記』的男主角啦！」櫻櫻隨便地答了一句，繼續與琦琦談著最近的八卦。

小燕從服務生手中接過飲料與甜點，這下，她終於有事做了，不需努力加入話題，而是靜靜地吃著盤中的下午茶。

她轉過頭，看著把櫻櫻逗得哈哈大笑的琪琪。

「真不甘心耶……以前都是我跟櫻櫻聊得最嗨！琪琪只是坐在一旁聽……我才走沒兩週，她們就已經這麼要好了喔？櫻櫻也變了，竟然這麼大聲地說老師們的八卦，我實在不懂一個新老師打嗝有什麼好取笑的……」

小燕這才體會到，友情或許只是一種容易變質及事過境遷的東西。真不曉得自己以前那麼努力經營跟櫻櫻之間的關係，是為了什麼？

「不過，也不能全怪櫻櫻，畢竟方才大家看完電影，大可解散了，只有櫻櫻還拉著琪琪把我留下來……」

就在小燕情緒鬧彆扭之際，櫻櫻與琪琪終於發現甜食上桌，緩了口氣。

櫻櫻笑著問：「小燕，妳竟然一個人先吃啦？哈哈！」

「我很餓啊！看妳們聊得這麼開心，就不打斷囉！」小燕話說出口，才發現自己的語氣竟帶著反抗和報復之意。

琪琪敏感地看了櫻櫻一眼，或許是察覺到小燕生氣了，但櫻櫻一向是比較大剌剌的女孩，只是對小燕笑了笑。

「好吃嗎？我先來吃吃看這個波士頓派好了！」

甜食下肚，櫻櫻露出滿足的表情。

「喔！對了，小燕，妳現在住離海邊那麼近，應該很常去看海吧！」

「啊……說起來，我根本一次都還沒去過海邊，冬天太冷，每天就是騎車上學、放學，假日才可能回市區找妳們聚聚。」

「不過，妳真的每次都要搭公車嗎？家人不能載妳喔？」櫻櫻也知道小燕今天並不願意遲到，才這麼問。

「我媽的機車要留給她們去買菜，所以就只能搭公車了。」

「唉！真麻煩，如果當初跟妳爸爸就好了，妳就不用搬家，而且爸爸也可以用汽車載妳。」櫻櫻無心地聳聳肩。

雖是如此平常的分析，但小燕卻有種不知從何解釋起的感覺。明明櫻櫻與琦琦終於停下來關心她的生活了，小燕竟感覺無言以對。

「我記得小燕一向都比較喜歡跟她媽媽一起的，對吧？」琦琦問。

「嗯！但也不是不喜歡跟爸爸住……只是還是得二選一吧！」小燕回答。

「既然是這樣，現在生活中沒了爸爸，應該比較輕鬆，也比以前少生氣吧？」

櫻櫻問。

「我以前也沒有很常生氣啊！」小燕不知道自己怎麼了，竟然有了火氣。「而且，我也不是『沒了爸爸』，只是跟媽媽住而已。」

「可是，妳之前在LINE上說，搬家後到現在都還沒跟爸爸見過面，只有打過一次電話而已，不是嗎？」

這些都沒錯，但小燕對於昔日好友的關心兼問候，卻覺得芒刺在背。

「嗯……」小燕煩躁地回答：「我當然是希望週末可以見見爸爸啦！不過，跟妳們相處也很重要。」

「也許妳爸爸也很想看看妳，妳想想，他開車過去找妳們，或者是接妳到市區玩，不是也比較方便嗎？」

櫻櫻的提議，讓小燕感到一個頭兩個大，心底卻也有了不同的看法。原來，她真正需要的，並不是電影和下午茶，只是想聽同齡的朋友怎麼站在她的角度，提出許多她未曾想到的建議而已。

「嗯！謝謝妳，我的確是一直沒跟我爸爸見面，這樣下去很奇怪的吧……」小燕承認，自己前兩週忙著適應生活都來不及了，一想到爸爸的嘴臉，仍是覺得怒氣沖沖。

但，再怎麼樣，他也是自己的爸爸啊！

「原來，我的生活中還是需要爸爸的啊！否則，聽到櫻櫻說『沒了爸爸』這種形容，我也不會這麼憤恨不平了。」

小燕認為，這才是自己這週末的最大收穫。許多懸而未解的問題，的確不是一味逃避、疏遠就行得通的。若真是如此，自己也不必如此焦躁了。

「爸爸，你還好嗎？滿想你的。」

當晚上床前，小燕傳了訊息給爸爸。

09
新關係

週六因為暫時沒把心思放在媽媽與阿嬤身上，小燕反而有種輕鬆感。看媽媽最近面試得很疲累，做了好幾個體力活都不怎麼順心，她正想著要如何安慰媽媽時，沒想到週日一早，媽媽就接了一通工作上的電話，急急忙忙地出門了。

「希望不是什麼壞事……」小燕學著不再過度牽掛，但爸爸遲遲沒回她的訊息，也讓小燕很在意。上通電話是爸爸主動打來問候，但剛好遇到小燕要進補習班準備小考，也只能匆匆掛斷電話。

「對了……說到補習班……」小燕拿出夾在講義中的繳費通知單。

光是一個月就要花這麼多錢補習，看著前幾天望著存摺發愁的媽媽，小燕怎麼好意思說出口呢？

「下次還要預繳三個月……然後就放寒假了，唉！」三個月的補習費通知單，金額十分嚇人，小燕以前只管把單子拿給爸爸就好，從不需要擔心。但現在看到媽媽連午餐都自己從家裡帶便當，省個四五十元就開心了老半天，小燕真不知道這種問題該如何輕鬆以對？

如果在這個時間點見到爸爸、又對他提起錢的事，心直口快的爸爸搞不好會誤會小燕只想找他拿錢。想了又想，小燕深深吸了口氣，撥出了一個好久沒打，卻永遠不會忘記的號碼。

※

司藍從被窩中掙扎著爬了起來。

「誰啊？才早上十點就打家裡電話，我原本想睡晚一點的……一定又是那些媽媽的姊妹們，打電話來問東問西了。」

爸媽分居的事情，早已透過幾個大嘴巴的阿姨，讓親戚都知道了。爸爸那裡的姑姑叔叔也經常來電詢問，因為爸爸很少在家，司藍自然成了「總機」，每次聽到問候爸媽近況及未來打算怎麼辦的長輩電話，司藍真的很想掛上話筒。

「喂！」他煩躁地接起電話。

「哥哥！」電話那頭，傳來小燕興奮甜美的聲音。

「哦哦！」司藍笑了起來。「還在想好久沒親耳聽到妳的聲音了耶！怎麼樣？我們兄妹也偶爾一起吃個飯吧？雖然天天寫蹺家部落格、天天用ＬＩＮＥ聊天，但我還是想看看妳啊！」

「好啊！好啊！我也想哥哥了。」

「噁心耶！哈哈哈！」司藍雖是這麼說，笑容卻快咧到耳邊了。

「雖然我們住得沒很遠，而且我也把妳那裡的公車路線研究好了，但還沒去過妳那裡……是我太偷懶了。」

「哥哥，我問你一件掃興的事喔！爸爸在嗎？」

「爸爸喔……我也不曉得耶！」

司藍自己也有些驚訝，他最近並不常觀察爸爸是否出門，或者回家。爸爸現在常早出晚歸，有時也會跟朋友出去，因為不想干涉彼此太多，父子倆偶爾一起在樓下看個電影、吃個外賣就鳥獸散了。

「爸爸？你在嗎？小燕說傳訊息給你，你都不回？」司藍邊拿著無線電話，邊往樓下喊了幾聲，邊從三樓走到一樓，最後他還走進二樓爸爸的房間找人。

「爸爸？應該是又出門了。」才一對妹妹說完，爸爸髒亂的房間就映入眼簾。

皺巴巴的衣褲斜堆在地板，各種零食袋散落在爆滿的垃圾桶旁，附著油漬的泡麵碗斜放在桌角，上頭都長黴菌了。

書刊、報紙佔滿了沙發與床鋪，床單亂成一團，原本偌大整齊的書桌，此刻卻擺了一堆瓶瓶罐罐的藥物、藥袋、乾掉的咖啡杯、指甲剪、毛巾等雜物。

「這是一個四五十歲中年公務員應該有的房間嗎？」司藍放下了話筒，心底一沉。

要不是爸爸專門放存摺與小額現金的包包還好好地收在角落的紙箱中，眼前的景象，說是被闖空門也不為過。如果說房間能反映出一個人的生活態度，爸爸現在的狀態，豈不是糟透了？

「爸爸到底在搞什麼啊！」司藍焦急的走到一樓，發現餐桌上有放到冷掉的速食早餐與紙條。

「爸爸出門跟同事爬山。」

看到這紙條，司藍總算安心了點。不過他萬萬沒想到，一向愛嘮叨媽媽家事做不好的爸爸，卻能將自己的房間搞成那種樣子。

「小燕，我們現在馬上見一面吧！我實在不想用這種糟糕的心情，開始我的一天。」司藍嘆了口氣。

「當然好啊！可是……哥哥，我還有一個很掃興的請求。」小燕在電話那頭，戰戰兢兢地說。

一小時後，司藍出現在阿嬤家的外頭，給小燕一個深深的擁抱。

「唉呀！要來也不先講，阿嬤準備好料給你吃啊！」

「不用啦！阿嬤！看到妳我就歡喜，不用吃啥好料啦！」司藍向驚喜的阿嬤寒暄了幾句。

隨後，兩人來到小燕房間。

小燕將空曠的房間自行漆成湖水綠色，原本牆角的壁癌破損處也已補好，發出霉味的老書桌、舊衣櫥，則被漆成鄉村風格的白色。

雖然地板仍是昏暗的黃色磁磚，但小燕在上頭加了一大片時髦的米色地毯，讓整個房間煥然一新。

「哇！才幾週而已，妳就把這裡弄得這麼舒服了啊！」司藍佩服地說。

「媽媽和我一起用的，不過阿嬤不太開心，還說我房間怪裡怪氣。」

「唉呀！妳自己喜歡就好啦！房間感覺對了，人才能住得開心、有精神啊！妳該看看爸爸的房間，真是慘劇，他已經演變成一個頹廢的遊民啦！」司藍亮出手機中爸爸的房間照片，小燕看了，並沒有嘲笑的意思，只是擔憂地搖了搖頭。

「看來，我們得好好跟爸爸認真談談了，我想他對於分居的事情，根本還沒頭緒，也沒有規劃吧！」

看到妹妹露出認真嚴肅的一面，司藍有種欣慰的感覺，更自責自己最近放得太鬆，今天才注意到爸爸的異狀。

「我最近都忙著念書、忙學校、忙補習，回家除了打掃、寫作業之外，就想睡覺了，根本沒空管爸爸啊！四層樓的大房子，只靠我一個人天天維持整潔，很辛苦的……妳該看看視聽室和廚房，很多角落才幾天沒掃，就有蜘蛛網了。」

小燕一直認為哥哥不需要搬家、換學校，理當對爸媽的分居適應良好，現在看來，哥哥也不比自己輕鬆到哪去。

兄妹倆吐完苦水，喝著阿嬤拿來的西米露，圍著地毯上的小和式桌坐下。

「不過，妳也太認真了吧？假日還叫我幫妳補習！」司藍噗哧一笑。

畢竟，小燕的桌上已經擺滿各種教科書、題庫和作業簿，讓原本想好好放鬆的司藍，都不禁繃起神經。

「哥哥對不起啦！麻煩你當我的家教……因為，我想中斷補習了。」小燕雙肩一垂，沉重地嘆了口氣。

「補習費都繳不出來啊……看來媽媽的狀況還真的是很不妙。」司藍認真聽完

小燕描述媽媽的現狀，一方面心疼，一方面也覺得自己太過天真。

「其實努力湊還是繳得出來，但還有我們母女的生活費，以及我下學期的學費要排入預算啊！媽媽現在連便當錢都得省，我想，短時間內就不要再給她更多經濟壓力了。」

「沒關係啦！我週末都可抽空來教妳讀書，只是……效果一定沒有天天上補習班來得好，畢竟時間有限，我只能幫妳惡補一些較難的部份而已。」司藍翻著妹妹的教科書，覺得妹妹的學習盲點還真不少，他不敢表現得太明顯，以免小燕難過。

才一個國中的小女生，不只換環境、家裡又有這種變化，如今還為了省錢而暫停去補習，又能要她表現得多完美呢？

「以前有補習時，小燕的成績也只是勉強達到中上，如今，已經退步到需要惡補，才有可能及格的程度了……」司藍邊思考，邊一一耐心指導小燕解題，大好的週日時光就這樣過去了，等到兄妹讀倆累了，也已經是下午三點了。

司藍在小燕的地毯上短暫地睡了個午覺，兩人決定繼續等媽媽回來，到附近的小商圈去吃點東西。

然而，在城市的另一邊，兩人的媽媽——阿琇卻正面臨著重要的關頭。今天是餐廳老闆娘臨時請她來幫忙上工的第一天，老闆娘自己也是中年婦女，因此對阿琇頗為客氣。

「琇姊，等等就麻煩妳端菜點餐，如果被奧客大小聲，就來找我，我會去道歉的。」老闆娘氣定神閒地在廚房裡一邊幫忙一邊說明，彷彿道歉對她而言只是家常便飯。

「我會努力不讓妳道歉的，哈哈。」阿琇心情稍微放輕鬆，也懂得開玩笑了。

雖然她這陣子天天都到就業服務站報到，面試過各式各樣的服務業工作，收錢、找錢，所以點單端菜也非第一次了，但遇到這麼親切的老闆娘還真是罕見。阿琇有種預感，自己一定能在這裡站穩腳跟。

回想起前幾週，阿琇原本為了女兒小燕，想找住家附近的餐廳。但畢竟靠海，賣海產的店多半生意好且不缺人手，一些時髦的咖啡廳則多半一面試就拒絕阿琇。

「不好意思，妳這個年紀了……我們也很為難。我們是賣氣氛的餐廳，店員還是要年輕漂亮一點比較好。」

「抱歉，謝謝妳前兩天那麼努力，但客人說看到妳苦瓜臉、動作又慢的樣子，胃都痛了……就請妳做到今天為止吧！」

阿琇一開始還會努力爭取，抓著店老闆辯解道：「我是因為對工作還不熟，緊張就會笑不出來，我會多笑、動作也會加快！」

「不用了！不用了！我們不需要勉強彼此，這是這兩天的工資，妳拿著吧！」還記得當時店老闆邊推邊塞，將自己拉到門外的強硬模樣。被塞到掌心的薪水袋，薄薄的，卻也是自己與女兒未來重要的餐費，她只好拿著錢離開。

經過這件事之後，阿琇始終不明白，自己是否跟社會脫節了？即使穿上年輕的制服，把頭髮工整地綁好，甚至鼓起勇氣重新拍了證件照、履歷一張張的投、一間間的去面試，迎接她的卻是一次次的失望。

每當在打工的餐廳裡看到那些與她年紀相當、打扮得光鮮亮麗、到處吃喝旅行的婆婆媽媽，阿琇不懂自己跟那些人相比，究竟是輸在那裡？

還好，苦難看似結束了。

現在這個老闆娘對阿琇頗為親切，只要能撐過這一天，把事情都做好，未來應該能持續在這裡領薪水吧？

小燕雖然什麼都沒有說，但她現在也越來越少要求吃外食，入冬至今也乖乖穿著舊外套，也很少外出跟朋友相處，以便減少開支。阿琇不希望女兒跟自己一樣被困在家裡，當然會想好好賺錢養家。

雖然這個願望很難，但阿琇只希望今天的餐廳工作能夠順利。這是一間經營快炒、薑母鴨及火鍋的傳統小吃店，請了兩個鐘點工都是婆婆媽媽輩的，客人也多半是上班族或者是年長的長輩，沒有人會嫌阿琇年紀大，想到這裡，阿琇整了整圍裙與衣領，掛起笑容走出廚房。

「歡迎，請問有想好要點什麼餐了嗎？」她詢問一桌剛坐下的中年男女，大家帶著遮陽帽、登山杖，顯然是剛完成健行，進來填飽肚子的。

「哦……我們先點兩個炒飯、兩個炒麵，一個漢方豬肉火鍋……」為首的男客人低著頭講話，聲音有些耳熟。

「好的，我知道了。」

兩人對上眼的那刻，阿琇瞬間明白，眼前的客人就是她孩子的爸爸，也是目前分居中的老公。

阿琇不知道自己是哪來的勇氣，竟從容地笑著點了個頭。

「我重複一下……是兩個炒飯、兩個炒麵，一個漢方豬肉火鍋嗎？」

「是的。」爸爸顯然也注意到阿琇，尷尬地笑了笑。

阿琇默默打量了與老公同行的這群朋友，裡頭有幾個是孩子爸爸的同事，先前都見過面，但還好他們沒認出自己，只是低頭忙著聊天。

匆匆轉身，阿琇快步回廚房交單。

「唉……真倒楣，不過我算是應對得不錯吧？孩子的爸……好像瘦了不少。」阿琇躲在廚房門簾後方觀察著桌子那邊的情形，恰巧這時一群外國人興致高昂地走進店裡，阿琇看到另一個工讀生畏縮在一旁不敢馬上過去，便快步上前。

「哈囉！ＳＩＴ　ＨＥＲＥ？」勉強說了幾個英文單字，外國人顯得很高興，隨性地坐了下來。

雖然有些句子阿琇完全聽不懂，但以前年輕時，她也好歹是在鎮上的辦公室待過一小段時間，幾句英文還難不倒她。不知道為什麼，看到孩子的爸在場，阿琇反而湧出了滿滿的勇氣。

今天絕對要比往常都拼命。

10
錢字這條路

「絕對不能被那個人看扁了！」雖是這樣的心情，但阿琇看到孩子爸的心情卻也是驚喜的。只是礙於目前正在打工，彼此其實也沒有什麼好說的，阿琇只在幾個對上眼的時刻笑一笑而已。

她不做多餘的聯想，只知道今天是自己重要的一天，在任何細節上都得全力以赴。

「好啦！阿琇，謝謝妳，妳也做滿四小時了，第一天不要太累，明天再來吧！這是今天的薪水，雖然不多，但我就先給妳啦！」老闆娘招呼道，在阿琇的肩上拍了拍。

「這麼快呀？」

阿琇有些驚訝，才剛開始覺得累而已，已經要收工了。

「哎唷！今天不是週日嗎？現在已經晚上六點了，妳不是還有孩子和媽媽要照顧？趕快回家吧！」老闆娘瞇眼微笑。

「真的太謝謝妳了……」

「不會啦！我們主要是做下午和晚上場的，晚上另外有工讀生幫忙，妳以後每天早上十點來幫忙切菜就可以了。」老闆娘叮嚀道，接著又匆匆趕往廚房去了。

早上十點到晚上六點，算是適合的時間，從餐廳這裡騎機車回家大約六點半，還能幫忙煮飯收尾，等小燕補習回來一起用晚餐，阿琇想著，這樣已經很好了。

在餐廳廚房換下圍裙、收拾好包包後，阿琇摸著帶有油煙味的頭髮，邊綁髮邊往外走。

「等等！」有個男人的身影追了出來。

是孩子的爸。

「你這樣跑出來，朋友不會覺得奇怪嗎？剛剛我怕你沒面子，所以沒一一跟你的朋友打招呼。」阿琇雖然心底有些慌，卻還是故作大器。

彼此看起來都操勞了些、蒼老了點，孩子的爸雖穿著登山服與布鞋，多出的白髮與疲憊的神情卻看起來有些蒼老。

「看你這個臉色，最近是不是又沒有吃蔬菜，臉好黃喔！」阿琇自顧自的叮嚀起來。

「你從以前就是這樣，愛吃肉、愛吃澱粉，外賣的食物很多都不能幫助身體抗氧化，又是酸性的……你應該多吃點鹼性的蔬菜來補身體，那水果呢？一定也沒有照常吃吧？」

雖是臭臉碎碎唸著，沒想到，孩子的爸竟露出了微笑。

「哈！還真是很久沒聽到妳唸我了。」

阿琇這才驚覺自己說得太多，尷尬地緩了口氣。

「最……最近好嗎？」

上次被孩子的爸用這種柔聲語氣問候，阿琇想不起來是何時了。

她強硬地點點頭，答道：「很好啊……至少不用天天跟你吵架了。那你呢？」

「我也很好啊！吃外食吃得很爽。」孩子的爸露出微笑。不過，臉上的寂寥神情也並未完全消失。

「什麼時候能讓我看看孩子啊……孩子也想見我了吧？」

幾乎是懇求的語氣，讓阿琇吃了一驚。

「你才是呢！有沒有把司藍顧好啊？他雖然已經是高中生了，還是需要有媽媽的關心比較好吧？」

兩人雖差點鬥起嘴來，但孩子的爸仍送阿琇走到餐廳外頭牽機車。

「還是……乾脆我送妳回家，順便看看孩子？」孩子的爸拿起手機，上頭有司藍報平安的訊息。

「孩子們現在都在妳媽媽家，大家一起見一面吧？」

雖然這樣會讓孩子的爸稱心如意，但想想他們畢竟都曾是一家人，避不見面或許也不是最成熟的作法。

阿琇知道小燕大概也想念爸爸，只是礙於媽媽的面子，不敢輕易說出口。她轉頭望著孩子的爸，嘆了口氣。

「好吧！不過為了明天來上班方便，我今天還是得騎自己的機車回去，你開你的，我們各自回我媽家吧！」

「咦……」爸爸愣了一下，雖然感覺得出阿琇的語氣仍有些強硬，但為了不耽誤週一通勤，也只好答應了。

他發了訊息給孩子告知狀況，隨後就緩緩地跟在阿琇的機車後方。

「欸！你不要跟在我後面好不好？會有壓力耶！」天色已黑，阿琇在十字路口敲了敲爸爸的車窗。

「那我就先走囉！」爸爸似乎特地選了一條較遠的路，以便和阿琇同一時間到家。

雖然還是很想用「孩子的媽」順口稱呼阿琇，但爸爸這才發現，他們當初的決定已經永遠改變了夫妻的關係。

原來彼此，已經是比陌生人親近，卻又比路人尷尬的關係了。

※

「爸媽竟然要一起過來吃飯！我們一家要團聚了！」看了手機，司藍與小燕興奮地幫著阿嬤在廚房準備晚餐。

「真麻煩！忽然說要來吃飯，都分居了還做這些做啥？」阿嬤雖然嘴上唸著，手卻勤快地從冰箱內狂拿食材。

「我看我們改煮火鍋好了，這樣大家都能吃飽，不過……肉不太夠喔！」

「我們馬上去買！」

司藍騎著單車載小燕，火速衝到附近的超市，雖然正值晚餐時段，肉櫃已空得差不多了，但還是掃到了幾盒澳洲牛肉、羊肉。

「雞蛋！雞蛋！沒有雞蛋怎麼能算是吃火鍋呢？」司藍亢奮地跑向超市另一側的貨架。

難得看到哥哥開心成這樣，小燕的心底滿是感慨。

一家團圓吃飯固然讓人期待，但人是不太可能改變的。事到如今，小燕並不期望爸媽能像連續劇那樣哭一哭就抱在一起復合，反而希望他們能更認真地討論未來的事情。

「不只是金錢的管理、與孩子們之後的互動方式，都該有所規劃吧？」

小燕是個喜歡規則的人，自然也希望爸媽能夠有原則地在既定的模式中，尊重彼此的生活，同時又不要犧牲太多自己的權益。

用黃色印花的環保袋扛了滿滿一袋的食材，孩子們「滿載而歸」。司藍帶著歐美風格的黑色毛帽，小燕圍著粉紅圍巾，兩人騎著單車回家，即使寒風陣陣，他們也有種期待未來的感覺。

「小燕，雖然我也知道爸媽不可能回到以前了……而我也不希望他們回到以前那樣勉強同住卻天天吵架的日子……但我已經敢說，現在的我，過得很幸福。」大概是因為沒有看著妹妹的臉，在前頭踩著踏板往前的司藍，語氣也率直許多。

當然得替這樣的哥哥開心，不過，小燕心底卻有些酸酸的。

哥哥不用擔心錢的事情、功課又好，當然會比自己容易滿足。但一旦意識到自己的比較心態，小燕卻也覺得很對不起哥哥。

哥哥當然不是經過算計，才選擇跟著爸爸。當初他還讓小燕先選，自己才湊合地說出「那我就跟爸爸吧！不然爸爸一個人太可憐了。」這樣的話。

「我到底怎麼了？為什麼變得這麼愛計較呢？難道我真的對現況很不滿嗎？」小燕這才體會到，「錢」是多麼磨人的玩意。

她也不難想像，很多女性因為經濟無法獨立，只好選擇跟不相愛的人同住。但要說媽媽不愛爸爸嗎？這恐怕也不是她這種小毛頭能輕易論斷的。

才在胡思亂想，阿嬤家的大門就映入眼簾。爸爸的休旅車停在媽媽的機車旁，爸媽與阿嬤在客廳用卡式瓦斯爐起了口鍋，已經邊聊邊坐下了。

「爸！媽！」

司藍給了媽媽一個擁抱。

「小燕，媽媽找到工作了喔！在一家快炒餐廳打工，早上十點到晚上六點，這樣每天都能送妳出門，晚上也能一起吃飯喔！」

「太棒了！媽媽！」這是小燕期待許久，卻不敢常常提起的問題。而媽媽因為找到工作，眼情也篤定許多。

一家人圍著火鍋，吃了起來。

小燕看到好久不見的爸爸，其實很想上前抱抱他，但礙於媽媽在旁邊，她頂多只能給爸爸幾個燦爛的笑容。

大家只是隨意聊聊最近的狀況，繞來繞去，就是不說未來的事情。小燕察覺爸爸有些落寞，便自主起了個話題。

「爸爸，以後偶爾也交換一下，讓媽媽見見哥哥，也讓我跟你相處一下吧！要不要偶爾互相到對方的家去過夜？」

「當然好啊！只要妳媽媽願意的話。」爸爸看著媽媽的臉色，語氣似乎也有委屈的意思。

「講得好像我會不願意一樣。」媽媽聳聳肩，說道：「雖然沒住在一起了，但見見面、偶爾過個夜也很好啊！你永遠是小燕的爸爸，我也永遠是司藍的媽媽，不是嗎？」

聽到這句話時，小燕才終於覺得心中的大石放了下來。回頭時，哥哥也對她肯定地點點頭。

這是爸媽分居之後，小燕第一次同時感受到安心與幸福這兩種情緒，如融化的溫暖榛果巧克力，柔柔地包住自己的心。

「是說，阿琇妳打工的薪水，這樣有多少？」阿嬤在一旁忽然問道。

媽媽顯然很在意爸爸在場，但還是故作直率地回答了個數字。

「這樣能養活小燕嗎？她可是要念高中、大學的啊！還是……阿海，你要幫小燕出學費？這些事情很重要，你們卻一直沒討論，如果不行，或者不願意，雙方都要直說，不要讓孩子私底下擔心。」阿嬤的語氣雖然不好聽，也瞬間都讓爸媽臉色沉了下來，但小燕卻默默感謝著阿嬤。

原來，自己的擔憂，阿嬤都看在眼底。

「嗯……阿琇，妳覺得怎麼樣比較好呢？」爸爸一反常態，沒有替自己辯駁，反而是溫和地先問媽媽的意見。

而這瞬間，媽媽也不習慣自己成為那個「做決定」的人，連忙回嘴：「我也不知道，嫌我薪水少的人，不是你們嗎？你們先說說看要怎麼辦吧？」

聽在小燕與司藍耳中，媽媽的強硬語氣掩飾不了自卑，孩子們也急忙迴避她的視線。畢竟他們要管的只有自己的零用錢，爸媽則是每年都要付貸款、家用、學費、生活費、各式帳單，怎麼想都覺得難上加難。

「我總算體會到了……談錢傷感情，不談的話，生活又沒辦法過下去。」正當小燕想著自己是否該拉著哥哥迴避，給大人討論空間時，司藍竟然充滿勇氣地開口了……

「嗯……我覺得，首先可能要請爸媽計算出來，未來小燕這邊會花多少錢……雖然這樣對小燕來說不公平，但至少上高中、上大學每學期的學費都要估算出來，高中女孩子都會想打扮、做點基礎保養，也會需要交朋友、偶爾也會想去旅行一下，這些都算零用錢好了，上了大學之後離家，也是需要生活費。雖然計算這些很麻煩，現在不說清楚，以後就會苦到妹妹的。」

阿嬤也犀利地接腔道：「是啊！先問這點就好，小燕，妳想打工嗎？應該沒有人很愛打工吧？如果妳自己是想全心全意讀書，那生活費就要由爸媽去分擔，妳就負責在學校上課、玩社團、交朋友就好，不必把睡眠時間、交際時間都拿去打工。這是很實際的問題。」

小燕當然有考慮過打工，特別是媽媽前陣子失業時，她甚至偷偷上網查了許多打工的時薪、時數與支付生活費的問題。

爸爸數次想插嘴，但看到小燕胃痛不已的模樣，他也只得耐著性子望向沉默的媽媽。

此時，阿嬤又推了媽媽一把。

「阿琇，妳這樣很不好，該要妳表達意見的時候就要勇敢說出來，不要第一時間不講，之後又把責任推給別人！妳不說出心底的想法，到時候哪天出了問題，只會讓孩子傷心難過的！」

「妳們以為我希望這樣嗎？」

媽媽的情緒果然爆發了。

看著她大吼一聲、激動得起身的模樣，司藍也不難想像媽媽一直在經濟上居於弱勢，如今被自己的兒女質問，心情當然不好受。

或許大家認為這只是在「討論」，但從媽媽焦躁憤怒的眼神來看，她所想的根本不是這麼回事。

這時如果有人擺出高姿態要她冷靜、理性，事情恐怕會更糟……

「媽媽，沒關係，如果這些事情很難處理，其實可以找律師去擬聲明……」小燕戰戰兢兢地說：「我……我看很多名人夫妻離婚時，都有擬這種聲明，讓專業的律師幫忙處理。由雙方的律師代表夫妻去溝通，或許比較不會壓力這麼大。」

「我哪裡壓力大了?」媽媽反駁道。

「不要兇孩子啦!」爸爸嘆了口氣。

「這樣吧!我先說我的決定,哪裡不妥,大家再提出來。首先,司藍未來的費用,都由同住的我負擔,小燕的生活費由媽媽負擔,妳們母女倆可以去商量,若是想過得奢侈一點,不夠用了,就讓孩子去打工,也沒什麼不好。至於小燕高中到碩士的學費我都可以出一半,把學費匯款單給我看過就好。其實我手頭也有點緊,我和司藍住的房子最近仍在還貸款,但頭期款是由媽媽這邊幫我出了五十萬元,我也會盡快還給媽媽。而貸款嘛……我會量力而為,如果還不起,我和司藍就搬去小一點的房子住,反正現在已經是兩人家庭了,住小一點的地方,應該也不會讓生活品質下降太多吧!」

小燕與司藍面面相覷,沒想到在餐桌上容易爆走的爸爸,竟臉不紅氣不喘地講出這套想法。

「謝謝你願意幫我這麼多……」媽媽的神情從驚訝轉為欣慰。

「沒有啦!我好歹也是小燕的爸爸,我也比較能賺錢,有幾分力就出多少力而已。」

雖然不滿意爸爸的語氣，但媽媽仍咬著牙接受了。現在的她的確沒有爸爸資深公務員月入十萬的能力，因此接受幫助，也是正確的作法。即使談錢傷感情，但小燕聽到自己的學費與生活費都有了著落，不禁感恩起來。

比起許多單親的孩子，她是十分幸福的了。雖然不曉得爸爸未來是否能履行約定，但說得現實一點，直到今晚，她才確認，爸爸其實真的很愛她與媽媽。

「只是，不懂表達罷了……」

大家一起吃著冷掉的火鍋，媽媽雖然沉默寡言，但神情已不像方才那樣充滿防備。小燕心想，要讓媽媽全心接受爸爸的經濟協助，或許還需要時間吧！

11
幸福的答案

兩個月過去了，小燕默默停掉補習班課程的事，還是沒有告訴媽媽。

「畢竟補習費是一筆不小的開銷，能省則省吧！爸爸提到的學費並不包含補習費，補習費這件事，一開始就同時被爸媽給忘記了。算了，能不補習也好，多出很多時間。」

唯有英文，因為伊莎老師一直陸陸續續有幫小燕上家教課，而小燕平日放學也常到她的工作室幫忙打工抵學費，雙方講好交換條件之後，每週都有四天會見面，小燕多了說話的對象，自然也很開心。小燕付出勞力換來跟伊莎老師相處的時間，伊莎也自製許多進階教材幫她上課，至於難搞的數學、理化，小燕就請哥哥偶爾週末來幫自己惡補。

然而，若遇到哥哥的考試週，小燕當然就只能靠自己了。

經過藝文布置競賽的合作之後，班上的幾位女同學雖與小燕保持不錯的情誼，組長巧萱假日偶爾也會邀請小燕到自家作客。但每次小燕請教她們功課，這些女孩子大多覺得掃興，自稱不會，久而久之，小燕也只能盡量把問題整理在小筆記中，之後遇到哥哥再一次解決。

雖然司藍從不抱怨，小燕卻覺得老是麻煩哥哥花寶貴的週末時光，特地來阿嬤家解題很沒意思。因此她平日偶爾也會坐公車回爸爸和哥哥的家，在那裡過夜，隔天再由爸爸提早一小時載她回海邊學校上課。

每次回爸爸家過夜，小燕總是會用粉紅色運動包收拾好小小的行李，心情也十分期待。並不是說阿嬤家不舒適，但能跟爸爸與哥哥見面，讓小燕平凡的生活中多了點期待。

終於撐到段考結束、寒假開始，農曆年忽然就來臨了，大年初一小燕與司藍回爸爸老家一起跟親戚跨年，初二回阿嬤家等舅舅及阿姨，短時間內跟一大票的親戚聚會，本來不算有壓力，但今年特別不一樣。

「爸爸媽媽這樣算分居吧？是有要正式離婚嗎？」

「聽說媽媽在餐廳端盤子？」

「小燕現在的生活費還夠用嗎？」

「當初怎麼會選擇跟媽媽，怎麼不跟爸爸呢？」

「媽媽不是身體不太好嗎？現在還出去工作，受得了嗎？」

親戚之中，叔叔嫂嫂與堂弟堂妹問的問題最難招架，但堂哥堂姊，反而能跟小燕與司藍聊聊職籃、職棒、日韓音樂與歐美明星。雖然知道大家會問這些都是出於關心，但小燕與司藍要一一想出不失禮的回答，實在處境艱難，甚至有如坐針氈的感覺。爸媽當然也不好受，他們總是分別被各自的兄弟姊妹追問婚姻狀況，大多數的人都對分居的消息感到很訝異。

「不是過年過節都全家出動，怎麼會鬧到離婚？」

「不能去求她回來嗎？」

「吵吵架每個家庭都會，為了孩子，還是快點復合吧！」

看到爸媽雖然已經分開過年，還要面對來自親朋好友的種種「問候」，小燕與司藍心疼又尷尬。每當遇到親友們「簡化」他們的家庭問題時，小燕與司藍甚至會有一種錯在自己的感覺。

吃完年夜飯之後，兄妹倆跑到陽台上透透氣。

「如果我們當時不促成爸媽分開，或許今天就不會這樣了吧！」難得看到司藍也有迷惘的時候。

小燕立刻反駁道：「不!當初爸媽的狀態都很不好，現在雖分開了，但至少雙方都過著各自的生活，媽媽不再跑醫院，爸爸沒有因為情緒失控而引來鄰居關切，甚至像先前那樣釀成車禍。」

「妳說的也是……我想，既然做出選擇，就該『莫忘初衷』吧！畢竟我們家還算幸福了，是和平分開。如果是因為社會案件或者事故而成為單親家庭的小孩，一定要比我們堅強得更多、更多。」司藍嘆了口氣。

小燕聽得出司藍話中有話，緩緩問道：「哥哥，你認識其他的單親朋友嗎？」

「怎麼這麼問？」

「沒有啊……就覺得，如果能認識同樣是單親家庭的小孩，或許能夠互相打氣吧！一直到現在，我都不敢讓新學校的人知道我單親呢……」

「是因為沒有真正信任的人吧？」司藍溫暖地望進小燕的眼睛。

小燕的短髮變長了些，神情也比以前世故拘謹許多，雖模樣是成熟了，心底卻還是個需要人呵護關愛的小女孩。這一切，看在司藍眼底，是十分不捨的。

「我這學期雖然也努力交朋友，但……好像不是那麼容易的事啊！」司藍率直地舒了口氣。

「雖然我在我們高中也沒特地去說自己是單親，但不少同學也察覺到了！我不再帶家裡便當了，懇親會也沒有人來，就算忘了帶重要的東西到學校，媽媽也無法像以前那樣隨時替我送來，我的臉書也很少更新媽媽每晚做的料理，取而代之的，是大量的外賣與速食食品。同學的家長以前都會在白天或者下午打電話到家裡，跟媽媽討論班上事務，但現在只能等到晚上九點或十點，才能跟爸爸講到電話，爸爸也常常是一問三不知……要不被發現，也很難吧？」

小燕點點頭。同樣的問題，她也曾經遇過。

「記得我以前跟妳說過，我有一個單親家庭的朋友，他也覺得單親之後的生活比較好過嗎？」司藍忽然提起以前的對話。

「當然記得啊！我當時很感動，覺得受到激勵了呢！很想看看別人是怎麼想、怎麼過生活的，才能那麼知足、適應得那麼好……」

司藍愧疚地轉頭，瞧著陽台外的浩瀚夜空。

「其實，那位朋友，並不存在。」

「什麼？」

「不知道為什麼，我開始會撒一些奇奇怪怪的謊了。」司藍聳聳肩。

「可能是想讓自己看起來更堅強、更快樂吧！為了不要讓大家察覺到異狀，我只要和妳與媽媽見面，不都一直拍照、傳到臉書嗎？」

「嗯……」

「那是為了要讓大家知道，我還很幸福。」

司藍寂寥地苦笑道：「妳看，我到現在還沒辦法接受自己是單親的事實呢！前陣子我跟一個單親家庭的朋友吵了一架……對他而言，他是永遠也沒辦法看到他的爸爸了。相較之下，我這種自以為是的幸福，對他而言反而是一種傷害呢！」

小燕凝視著哥哥的神情，那位單親家庭的朋友，對哥哥來說一定很重要吧！

「希望你能跟那位朋友和好……如果真的是朋友的話，期望彼此幸福應該是很簡單的事吧！」小燕真誠地微笑。

她不禁想著，單親家庭的狀況百百種，雙親健在，且仍有互動的他們，又如何能知道其他孩子幸不幸福呢？

「人家一定也過得很好吧！像哥哥你這樣以同情的眼光看對方，又認為對方比自己不幸，才會真正傷害到對方吧！」

聽著小燕犀利但直率的話語，司藍沉默著，心底卻想起了什麼。

※

新學期開始，春天的腳步也近了。天氣暖和，開學第一天，司藍只在厚重的冬季外套下穿了件薄薄的襯衫。他好喜歡開學時的悠閒感，這時任何考試與課業壓力都沒有，書包也輕輕的，步伐也變得充滿律動，真好！雖然到了高二下學期，升學壓力如影隨形，但司藍更想珍惜當下的時光，把該說的話都說出來、該做的事情都完成，未來才有衝刺的動力。

從進入校園的那刻開始，一直到緩步來到熟悉的教室前，司藍的目光都一直在尋找著特定的人影。

終於，一個清瘦高挑的制服男孩身影也晃進了教室。司藍深呼吸後，爽朗地笑著往對方走去。

「嗨！阿克！我給你傳了道歉簡訊和拜年簡訊，差點還傳了情人節簡訊，你怎麼都不回啊？」

「不知道要回什麼。」阿克的眼睛沒對上司藍，大概還在生氣。

司藍碰了個軟釘子，他本來就不擅長與家人以外的人開朗對談，一時間也想不出什麼台詞，若是在這裡認真地道歉，教室內的其他同學也會覺得很奇怪。摸了摸鼻子，司藍只好先回座位去了。

這學期的座位表已經換了，阿克不再坐在司藍正後方，而是被調到隔壁排的最後頭去，上課眼神也很難有什麼交集。

雖然司藍有些著急，但也只能這樣忍了一天，努力想著下次見面該說什麼好。

新學期第一天照例選幹部，司藍也準備將環保股長這個幽靈職務交接出去。不過，因為這個缺一直都沒有人自願，也沒同學提名，班長只好決定抽籤。

「好，等我們抽出環保股長人選，大家就可以放學了。」戴著眼鏡的女班長精明地解說：「上學期當過幹部及本學期當幹部的人一律排除在抽籤之外，因此一共有二十人可能會被抽到，二十選一。」

司藍感到有些寂寞，畢竟他還真不討厭這職位，只是做起來有些辛苦，又要每天盯著值日生，對怕麻煩的他而言，還是乖乖交接出去比較好。

「張克偉，這學期的環保股長就麻煩你了。」

阿克無奈地坐在位置上，接受其他同學幸災樂禍的掌聲。

「那鄭司藍，就麻煩你再指導克偉囉！」班導也彷彿等候多時地起身，大致上又交待了一下雜事，同學們便心浮氣躁地放學解散了。

「我今天要練球，明天再交接吧！」阿克主動對著欲言又止的司藍說，拎起運動包就往外走。

「沒關係啊！反正今天已經累積了一些便當盒，若不拿去回收，明天就會長蟑螂的，我先去做吧！明天見！」司藍轉身，好脾氣的他當然很擅長收尾，毫不委屈地走回角落收拾回收餐盒。

「等等，我不想欠你。」阿克一咬牙，怒氣沖沖地跟司藍搶著回收籃。

「你要練球就先走啊！我真的沒差啦！」

「不用了，我自己弄。」阿克生悶氣的模樣急躁又可愛。

司藍抬起眉打量著他，悄悄在心底覺得好笑。望著阿克端起回收籃、自個兒大步走在前方的模樣，司藍連忙追了過去。

「阿克！你知道回收場在哪吧？便當盒的回收跟一般塑膠瓶不同地方喔！」

「知道了！我看你弄過，我都會了！」

阿克雖嘴上裝懂，但看他轉過教學大樓之後左右張望的模樣，很明顯地不確定回收場的位置。司藍安靜地超越他，在前頭帶路。這種時候，還是讓對方默默地跟上來即可，什麼都不用多說。

阿克彷彿仍在賭氣似的，沒再主動開口說話。直到把回收餐盒疊好之後，走出回收室外的他，才喘了口大氣。

「呼！裡面的味道真不好聞！」

司藍回答：「是啊！我每次進到裡面也都速戰速決，雖然要把餐盒慢慢疊好，又要忍受那個難聞的氣味，但出來就像重生一樣，哈哈！」

「哪有那麼誇張啊！那你每天親自拿餐盒來，不就每天都重生？又不是在打電玩！」阿克原本是想反駁，但說到最後，自己也笑出了聲。

兩人從大樓後側的陰暗光影中走了出來。迎在前方的，是藍天白雲下的紅土操場。

「說真的，我滿佩服你的，與其每天都努力糾正值日生，講得臉紅脖子粗，你上學期每一天竟然都親自倒回收。」

面對阿克認真的稱讚，司藍倒是有些驚訝。

「不！我只是錯過了上學期開始的黃金糾正期，又懶得跟人打交道。你不需要像我這麼累，明天開始就狠盯值日生，大家一定會被訓練得自動又規矩。」

阿克驚訝地反問：「可是，你自己都做不來的事情，還希望我能做到呀？」

「當然啊！我做不到的，你不一定會做不到。」司藍聳肩一笑。

「真討厭，本來我只是想嗆你，你倒是很理性地跟我講道理，真讓人火大！」

阿克浮躁地推了一下司藍的肩膀，司藍卻反而憋住笑聲。

「嗯……我最近其實就在思考這件事，每個人的立場與能力都不同，結果與答案也都不一樣，我妹小燕也是這樣跟我說的。」

雖然平常習慣開玩笑，但說起嚴肅的話題時，阿克卻比誰都認真地聆聽著司藍的話。

此刻他的神情也轉為肅穆，是個十分聰明又早熟的男孩。或許，單親家庭的孩子都有這樣的特質吧！

「所以……」司藍緩緩接腔道：「我覺得有必要為了先前我們吵架的事，跟你道歉，雙親還健在的我，總是認為自己比你幸福……其實，我們對於幸福的答案一開始就不一樣，幸福也沒辦法這樣比較。」

阿克沉默不語，似乎很驚訝司藍會這麼真摯地望著自己道歉。又或許，阿克只是專心在想著司藍的話。

男孩們轉過了彎，有默契地朝阿克練球的體育館走，彷彿知道司藍是想送自己過去似的，阿克不詢問，也沒有阻止。雙方靜靜地享受著開始被早春暖意佔滿的美麗校園風光。

終於，阿克緩緩開口。

「說真的，寒假在臉書上，看到你一直發跟爸媽親友團分別吃飯的照片，我除了羨慕，更覺得你是故意要發給我看的……當時我會跟你吵架，其實也是出於羨慕你的心情而已……後來寒假時，我還以為你是想激我，才故意一直發那些闔家團圓照。我的堂哥堂弟，也很愛做這樣的事，雖然表面上很關心我，但私底下總是一直問『你沒有爸爸要怎麼辦』、『你沒有爸爸父親節怎麼過』……他們彷彿是怕我忘記，我別無選擇，只能由媽媽扶養長大似的……」

第一次看到阿克眼中有著憤怒的淚意，司藍很想舉起手拍拍他，但阿克比自己高一個頭，原本英姿煥發的他，如今只能垂著肩膀忍住不哭。

阿克緩緩舒了口氣，離體育館的距離漸漸近了，或許他不願意被熟識的同學看見自己難過的模樣。

「我並不是恨我媽，我一直都很愛她，只是，如果可以，我當然還是希望自己能在一個有爸有媽的家中長大吧！」

此刻，司藍滿心只想對阿克說「我能瞭解你的心情」，但他不是阿克，失去爸爸這種感覺，一輩子也無法想像，更不可能瞭解。

「你爸爸一直在天上看著你，他會替你感到驕傲的。」司藍發自內心地望著阿克的眼睛，而他也接受地笑著點了點頭。

「其實，有個在天上的爸爸也不錯，至少我永遠不會像你一樣，親耳聽到爸媽用難聽的話語對罵。哈哈！」

「是啊！是啊！」司藍附和地大笑起來。

幸福是無法比較的，但是不管是哪種幸福，一定都各自的優點。此刻，司藍真真切切地體會到了。他知道，阿克想的也是同件事。

送完阿克到球隊打球後，司藍背著書包望向天空。真的已經春天了，天色也開始較晚變暗了。去年此時，一想到要放學回家，司藍的心情總是沉重的。擔心爸媽吵架、擔心妹妹難過……但現在，與阿克和好的他，只覺得渾身都輕盈颯爽，毫無負擔。雖是看似閒聊，空空的心底卻充實了起來。

「縱使立場不同，有個同樣是單親家庭的朋友，果真是挺酷的。」司藍掛著微笑，騎車往家的方向前進。

12
勇氣的一步

新學期開始，小燕卻覺得重心都不見了，原來是她樂於擔任、視為榮譽的英文小老師，也必須拱手讓出。

「老師，不好意思，如果這學期暫時還沒有人主動想當英文小老師，我可以繼續擔任嗎？」

小燕曾經悄悄寫在聯絡簿上，恰巧班導就是英文老師，很好溝通。只是在本學期第一堂英文課上，同學們忽然鼓譟要選新的小老師。班導也只好排出五分鐘，公開討論這項事務。

「聽說巧萱寒假的時候去美國住，農曆年也在美國過，好好喔！」

「我看這學期英文小老師，就讓巧萱當好啦！」同學們討論道。

小燕默默地望著坐在教室後排志得意滿的巧萱。她正微笑地用手指順著一頭亮麗長髮，似乎也對這個提議不怎麼反對。

巧萱在班上人緣不錯，先前她擔任布置組長時，也是同組的小燕努力討好的對象。只是經過多次相處後，小燕覺得巧萱沒有大家說的那麼好，她喜歡搶話、對別人交代的事也常會漏聽，卻從不主動道歉。

每當小燕看著她那完美俏麗的五官時，總覺得她散發出勢利的感覺。對於班上其他人氣高的男孩、女孩，巧萱總是微笑著附和他們的話，也在老師面前表現得很有禮貌。

她家境好，家長會時經常看到她爸媽帶著星巴克餅乾與飲料來送給其他家長，似乎也來自一個很積極主動的家庭。

「真希望她什麼都有了，別來跟我搶這個英文小老師的職位啊……」小燕雙手合十，又怕他人瞧見，只敢把手放進抽屜中，繼續祈禱。

英文小老師，是小燕先前在上個國中，爸媽還沒分居前就擔任過的職位，因為長年跟著伊莎老師學習，英文這科她總是最高分，也給予不擅課業的小燕許多信心。而每當能代表老師、協助班上的小考事務、替各式各樣的英文比賽奉獻一己之力時，更讓小燕有種真正享受校園生活的感覺。

「阿嬤的居家環境就是那樣，不可能再好了，我想買個抱枕放客廳都會被阿嬤唸說奢侈不需要，而媽媽的薪水也沒有起色，我努力替她省錢、不補習，成績也只能維持在及格邊緣。生活中能期待的事物不多，如今連個英文小老師都可能被剝奪，我又哪裡能快樂得起來？」

在小燕半抱怨半禱告的微弱抗議聲中，全班無異議通過巧萱成為新一任的英文小老師，即日起交接。

「小燕，那就麻煩妳囉！請多多指教！上學期擔任英文小老師，妳也辛苦了，這學期就交給我囉！」

巧萱高票當選之後，還優雅地主動朝小燕走來，老師看了也露出微笑，直誇巧萱懂事。小燕當然也配合地微笑點頭，這點人際功夫她還不至於做不來。只是，隔天早上巧萱跑來找小燕討論事務時，竟仍是先前那副隨性的態度。

雙方站在教室後方，巧萱低頭看著小燕遞出的紙本資料。

「巧萱，我幫妳把學校行事曆上，跟英文小老師有關的活動都圈好了。你看，三月十三日有班際英文歌唱比賽，五月二十日有英文話劇展演，還有三次段考的前兩週都要排入英文小考時間，越早排，就越不容易跟其他小老師有衝突了。」

小燕拿出昨晚精心整理過的活動資訊，一項項跟巧萱說明，但她一會兒眼神飄到打鬧的值日生身上，一會兒又轉頭對著路過的男同學甜笑，眼睛根本不看小燕一下。

「嗯……喔！我知道囉！」

「那這邊是小考的時間，我直接幫妳寫出來了。」

「等等，那這個一大團是？」巧萱打斷道。

「這是我剛剛跟妳說過的，英文話劇的時間。」

「呵！不是五月十八日嗎？」

小燕耐著性子解說道：「這排小字有寫，五月十八日是七年級的比賽時間，我們八年級是排在五月二十日的。」

「嗯！瞭解囉！謝啦！」

巧萱往小燕的肩上拍了一下，便走開去跟其他女孩聊天了。從方才開始她的視線就望著那裡，此刻也是迫不及待地離開。

「其實，我還沒講完……」

小燕手中還有一張紙，寫著英文小老師該做的項目，她索性將紙放到巧萱的桌上，也學著她的態度拍拍屁股走人。

「算了，巧萱在我來到這間學校以前，就當過班長甚至活動的召集人，區區一個英文小老師，還輪得到我教她嗎？」小燕原本怕自己沒跟巧萱交接好，但如今也只能這麼想了。

「是啊！搞不好人家還覺得我不配教她咧！」當晚回家時，小燕跟老同學櫻櫻

抱怨道。

不過，畢竟已經不在同所學校、同一個班級，櫻櫻對於她的抱怨能好好理解來龍去脈，已實屬不易，更不用說一句句回覆她了。

「不會啦！妳別想太多，反正妳該做的都做了，接下來也沒妳的事囉！」

小燕回訊道：「是啊！只是有點失落就是了。」

櫻櫻大概是不知道要接什麼，這場對話就以「已讀不回」收場。

小燕伸伸懶腰，去洗了個熱水澡，和阿嬤在客廳邊看電視邊等媽媽回來。阿嬤畢竟與她是不同年代的人，偶爾在生活習慣上也會挑剔母女倆散漫、懶惰，因此小燕其實有些不知道怎麼跟阿嬤相處，只能學著不去在意她的話。

「唉！這對狗男女，什麼時候才會被抓包！」阿嬤邊看電視邊罵時，小燕就在一旁用手機滑著臉書。

哥哥這學期也卸下環保股長的職務，在音樂鑑賞社上首度發表了自己對美國鄉村樂的年度專輯樂評文章，爸爸則是假日經常與朋友出遊，甚至在討論要不要趁春假去日本玩。

小燕其實有點想跟爸爸去。

「但若是要去，豈不是變相要求爸爸幫忙付我的旅費？而媽媽一個人被留在台灣，每天要聽阿嬤碎碎唸，還要繼續去餐廳端盤子賺錢，也是很可憐。」

大家都過得很好，原地踏步的好像只有她和媽媽。為什麼會這樣呢？

「啊！」

小燕聽到門口傳來機車熄火的聲音，高興地迎出去。

沒想到，停在門前的竟是一台沒看過的黑色機車，媽媽正對一個戴著安全帽的中年男子揮手道謝。

「我明天就自己搭車去上班，謝謝你！」她笑著向對方道別。

「哦！竟然有男人送她回來啊！真是厲害喔！」阿嬤拿下老花眼鏡，故意在小燕耳邊調侃道。

「阿嬤，不要亂說！」小燕忽然覺得一陣噁心。

「妳這丫頭這麼敏感做什麼？我哪裡有亂說？」

媽媽拿下自己的安全帽，工作一整天的辛勞全寫在倦容上。

「妳們在吵什麼？哦！剛剛那是餐廳老闆娘的弟弟，每天都會在進貨和收餿水的時候看到他，今天我的機車不知道為什麼一直發動不了。因為我坐不慣小貨車，他就特地回去換機車來送我回家。」

「用機車載才奇怪吧！一把年紀了還跟男人坐什麼機車，身體貼身體的……也不害臊！」阿嬤斜著眼唸道。

不過，小燕看到媽媽剛才提到對方特地換機車載她時的神情，有些甜蜜。或許是因為難得被友善對待，誰都會感到暖洋洋的吧！

「我今天也從餐廳打包了一些菜回來，客人筷子沒碰過，是一直放在廚房沒出餐的。」

從餐廳拿菜回家，是媽媽的例行公事，如果媽媽客氣不拿，老闆娘還會親手打包好交給她，一週大約有兩三天會拿菜回來，小燕也常常期待著媽媽今天的驚喜。

「今天比較普通啦！是蛤仔湯，等等熱了喝喝看。」媽媽笑著，看起來今天心情的確不錯。

湯熱過之後，小燕迫不及待地嘗了一口。

「咦！媽……這個味道……」她驚喜地瞪大眼睛問：「太熟悉了吧？這是妳以前在舊家常常做給我和哥哥喝的嘛！」

「是啊！」媽媽瞇起眼，彎月般的眼睛有著漾開的笑意。

「今天廚師少了一人，忙不過來，我就湊合著用店裡的材料做了這道湯……因為是臨時新增的菜，點的人不多，還好沒鬧什麼笑話。」

「怎麼會鬧笑話！」小燕喜孜孜地說：「我媽媽的手藝這麼棒！」

「唉！還是不要太常插手廚房的事情喔！以免萬一餐廳菜出了什麼問題，妳扛得起嗎？資深的廚師如果想整妳，多的是機會喔！」

阿嬤在一旁叨叨絮絮地唸著，小燕忍不住翻了個白眼。

「欸！長輩在說話，妳那是什麼態度？夭壽死囝仔！」阿嬤心直口快，看不順眼就會糾正。小燕雖然知道阿嬤的個性，卻也嘴硬不想道歉。平常總是忍著阿嬤數落媽媽，今天她則是真的不高興了。

「阿嬤，媽媽難得在工作上有成就感，妳不替她開心，反而潑冷水，我只是不以為然。」

「孽孫啊！」阿嬤抄起一旁的蒼蠅拍就甩在小燕身上。「我供妳們吃住，每月只從妳媽那裡拿一點點錢，就這五六千，房租都不夠咧！沒有妳們在這裡煩我，我還可以去外面做慈善、交朋友，平常我多說幾句是為妳們好，竟然給我頂嘴！」

「不要打她啦！都十幾歲的孩子了，還使用暴力！」媽媽當然也容不得自家女兒被打，一時之間，一家三代就吵了起來。最後，由小燕率先衝進房甩上門，結束了這場鬧劇。

雖戴起耳機聽音樂，但小燕仍時不時注意客廳傳來的對話。看來阿嬤是把氣都轉移到媽媽身上，數落她不會管教、婚姻失敗，聽著、聽著，小燕也忍不下去了。

「媽！妳進來啦！不需要站在那裡給她罵！」

聽到女兒一喚，媽媽才像醒過來似的，緩緩收起挨罵的委屈神色，緩步進到小燕房間。

「造反了！養妳們這些沒用的！賠錢貨！」阿嬤真的被激怒了，比以往更加口不擇言。

「我終於知道伊莎老師所謂的親情語言暴力，是怎麼回事了。」小燕嘆了一口氣，拉著媽媽的臂膀。「媽，我們不需要聽這些，妳來我床邊坐著休息吧！」

「是妳不對在先喔！」媽媽仍顧忌著阿嬤，語氣中也有責備之意。

「乖女兒……妳是為媽媽好，但阿嬤就是硬脾氣，千萬不能硬碰硬啊！」

「可是，妳才跟爸爸那種硬脾氣的人分居，難道還得心甘情願的忍受阿嬤三不五時罵妳嗎？妳看，工作上有好事，竟然不稱讚也不支持，反而說一些話酸妳，這都是製造負面情緒給妳耶！」小燕用從伊莎老師那裡學來的邏輯，一一分析給媽媽聽。

「唉！還能怎麼辦，就寄人籬下囉！」媽媽只是苦笑，看在小燕眼中，這種姑息語言暴力又逆來順受的媽媽，讓她心情更差了。

「媽……妳難道沒想過要搬走嗎？住在阿嬤這裡，難道不是暫時的安排而已嗎？妳當初說……」

媽媽意外地先搶了小燕的話。

「嗯！原本以為是暫時，但媽媽現在薪水還不多，租屋的預算也只有六千，如果我們母女得縮在一個小套房，這樣對妳的學業會有影響吧？住在這裡，至少妳也能有自己的房間呀！」

小燕被媽媽溫柔而理性的眼神給觸動了。媽媽說起話來總是如此為他人著想、輕聲細語，這樣的媽媽，在職場上應該也很容易遇到貴人，或許不需要替她太擔心了。

「媽……」小燕坐到媽媽身邊，母女倆倚著枕頭。

好久沒跟媽媽這麼親密，小燕竟然沒覺得尷尬，反而有種好安心的感覺，像是小時候，抱著心愛的鬆軟小熊坐在媽媽的懷裡。

「媽，妳再多多為餐廳做菜好不好，妳以前那麼會煮吃的，搬家時也帶了一大箱料理書來，若把客人都當成我和哥哥的話，妳一定能夠心無旁鶩地研發出好吃的料理啊！」

「傻瓜，哪是什麼研發啦！我也只是看食譜做的，餐廳的師父們都是餐飲科出來的，比我專業多了！」媽媽輕拍小燕的肩，雖是無心地否認，但媽望著小燕的眼神，卻也多了些勇氣。

13
大打出手

首次段考成績出來了，小燕第一次嚐到不及格的滋味。雖然哥哥替她惡補過的理化勉強低空飛過，但數學卻一口氣掉到了四十二分。

「怎麼會這樣……」接到考卷那一刻，小燕都傻住了，差點和後方被叫來拿試卷的男同學撞成一團。

「老師還是要說一下，這次段考大家都有跟上進度，八十分以上的有十人，六十到七十分的有十二人，剩下四人是不及格的。在大家都及格之前，老師會比以往都更嚴格要求喔！注意，如果學期總成績不及格，寒假得來參加補考。這學期還有兩次段考的機會，大家就好好努力吧！馬上就是升學考試了，可不要馬虎喔！」數學老師在講台上無心的一席話，聽在小燕耳中，卻像是徹底的羞辱。

「我完蛋了……」小燕整堂課都心不在焉。

她一遍遍地檢查著做錯的試題，無論是解法，或者寫錯的題數，都和預期的落差太大了。

「是我太大意了嗎？雖然從小我的數學就沒好過……但也不至於會變成這樣吧？」想了又想，小燕索性將考試卷揉成一團，塞到書包深處。

一整天她都失魂落魄，雖有一兩個稍微要好的女同學來安慰她，但她們成績都比自己好，自然體會不出「考不及格」是多麼嚴重的事。

「哎唷！我也常常不及格啊！反正之後學測好好考，總級分不要差太多就好啦！」另一名總名次經常倒數的男同學阿麥，則是稀鬆平常地安慰小燕。他有著短短的下巴與黝黑的肌膚，笑起來總是露出一口白牙。

「嗯！你說的也是。」不知道為啥，小燕覺得阿麥的樂天想法，比較適合當下的自己。

「既然都已經不及格了，只好把心力放在未來的考試上，努力考高一點，或許就不需要補考了。」小燕勉強替自己打氣道。

「各班負責英文歌曲合唱大賽的同學，請到教學大樓三樓英文辦公室集合。」廣播緩緩響起，小燕急得跳了起來。

她這才想到自己已經卸任了，如今該去報到的，應該只有現任的英文科小老師——巧萱才對。

轉頭查看時，巧萱仍被一群女孩子簇擁著，談著暑假時要染成什麼髮色、要去哪裡旅行，一群人吱吱喳喳地笑著。

小燕朝她們緩步走去想提醒巧萱。但下一刻，巧萱也明明接觸到小燕視線，卻又馬上別過頭去和其他女孩聊天。

「哼！瞧不起人也要有個限度吧？」小燕的耐心已到達極限，既然當好人這麼累，她何不放空就好？熱臉貼冷屁股這種事，只有聖人才做得到吧？

賭氣地轉身之後，小燕回到座位，繼續和同樣身為「不及格一族」的男同學阿麥聊天。吃過午飯，又上了兩節作文課，一節歷史課，最後一節則是英文。小燕很喜歡這一天的課表，文科總是讓她心中的負擔小很多，至少，在這幾個科目中，她永遠不需要擔心考不及格的問題。

「起立、敬禮、坐下！」班長指揮同學，對身兼英文科老師的班導行禮。

平常總是笑著接受大家行禮的班導，今天看起來有些生氣，眼神也比往常銳利許多。同學們的屁股都還沒在椅子上坐熱，班導忽然放下了手中的教科書。

「羅巧萱！」她喊完巧萱的名字之後，用責問的語氣說：「大家的英文考卷，怎麼沒有先拿來發呢？其實昨天就可以來拿了，以往老師都是先發的，不是嗎？」

巧萱雙頰一熱，明顯緊張了起來，但還是充滿氣勢地回答道：「不好意思，我以為老師要在課堂上發。」

「並沒有這樣的事，以往老師都會讓小老師先拿來，難道大家不想早點知道成績嗎？我昨晚熬夜先改好，就是不想讓自己班學生等太久啊！」大概是因為聽到巧萱的反駁，老師眼中的怒意不減反增。

「不好意思。」巧萱對老師行了個禮，正想坐下。

「我還沒講完，請暫時繼續站著！」

全班都察覺出班導今天火氣特別大，原本還心不在焉望向窗外的同學，此刻也全都繃緊神經。後排剛從午覺中緩緩褪去睡意的幾個男生，大氣也不敢喘一下。畢竟，班導平常總是笑臉迎人，很少有事情能讓她如此發火。

巧萱也改變了方才的自在態度，一臉害怕地望向班導，等著她將話繼續說完。

「還有，如果檢視一下這次英文段考的成績，比起去年同一時間，我發現大家成績普遍都有退步，這次英文科的複習試卷總共有五張，也就是有五次小考需要舉行。但我發現身為英文小老師，妳排的考試卻只有兩次，等於無形中少掉很多同學的練習機會。雖然這跟大家成績退步未必相關，但小考是不可免的，往後還請妳注意一下。」

巧萱漲紅了臉，其實，這次她減少小考次數，反而被同學看成是「德政」，私底下大獲好評呢！全班也沒想到，班導會這麼不留情面地數落一向是老師寵兒的巧萱。

「再來，今天學務處有請英文合唱比賽的負責人，到辦公室集合，要發簡章，並說明比賽細節，請問妳知道這件事嗎？巧萱？」巧萱點點頭。

「但是，老師，我不知道誰是合唱比賽的負責人……」

此時，小燕不經意發出了咂嘴的聲音，她立刻知道自己太高調了，便裝做若無其事的模樣。

「哈！妳竟然還要問我負責人是誰？不就是英文小老師妳嗎？」班導是真的生氣了，雙手猛力往講台上一拍，巧萱也嚇得抖了一下。

「這些事情，前任英文小老師小燕，應該都有跟妳說過了吧？」

小燕深怕戰火波及自己，連忙點頭，此時，她發現巧萱正惡狠狠地瞪著她。

「老……老師，我有拿一張行事曆給巧萱，上面有圈出英文小老師需要負責的活動日期，我的聯絡簿上面有提到。」小燕有些著急地辯解道。

「好，這個老師有印象。」班導點點頭。

「總之，巧萱，妳如果覺得無法勝任活動，可以另外選出一位負責人。但在那之前，英文小老師本來就要以負責人的積極態度處理相關事務，學校找人，妳就得出席，希望接下來，妳不要在狀況外了，好歹學期已經過了三分之一，希望妳好好把該做的事情做好。」

「知……知道了。」巧萱用蚊子般微弱的聲音答完後，幾乎是腳軟地坐回座位上。

「唉！老師原本是想私底下找巧萱說這些事，但既然我是班導，很多事不需經由同學傳來傳去，由我直接跟英文小老師當著大家的面溝通，你們才更能有效率地配合。」班導也知道同學們不愛英文小考、對於活動的籌備也容易意興闌珊，因此她特地點出來，對於巧萱接下來的工作反而是有所助益的。

至少，小燕也是這樣理解的。

「記得上學期我每次排英文小考，全班同學總是愛抗議及哀號，害我每次都很為難。這次班導特地說明，大家應該不會那麼賴皮了，對巧萱來說也是好事。」小燕心想。

終於經過了這段腥風血雨的緊繃說教時刻，班導重新掛起笑容，解說著課文的內容。她也舉了許多好萊塢電影常用的台詞作為例子，生動活潑的教學方式，讓同學們很快就脫離了方才的震撼教育。

而考卷發下來時，小燕很高興自己拿到了九十幾分，班導還在考卷上寫了GOOD JOB，意思是「做得好」，讓她如沐春風，非常開心。

「雖然數學不及格……但英文卻考了空前的高分，好感動！」這天總算有個愉快的收尾，小燕與男同學阿麥並肩地回腳踏車棚牽車，愉快地放學。

兩人平行騎著腳踏車，在充滿大海氣味的石板道上滑行。

「妳都不補習的啊？好羨慕妳！」阿麥苦笑。「我雖然不及格，但其實每週都還是要去補數學呢！當然理化、英文也少不掉！」

「對啊！我不用補習，但我會去英文家教老師家念書，週末我哥也會來幫我惡補！」小燕輕盈地微笑。

其實，她反倒有點羨慕阿麥，在放學後還能去補習班，規律踏實地複習課業，又能在另一個生活圈結交朋友。

「唉！不過，補習要錢啊！很貴的！」一想到這件事，小燕也只能無奈地聳聳肩。

※

隔天早上，小燕連續在校門口遇見幾個同班女孩，朝對方打招呼，她們卻裝作沒看見。

「好像不太對勁……發生什麼事了？」

小燕加快腳步，所幸進教室時遇到一大票正在討論怪獸模型的男孩子，他們都還是朝她點了點頭。小燕放下書包，把該交的作業交出去，等早自習結束之後，就開始第一堂課了。中午她去蒸飯室拿媽媽做的愛心便當回來時，卻聽見有一票女生在角落裡談論著她。

「當初就隨便塞了一張紙給我，還趁我不在時偷偷摸摸又丟了一堆資料在我桌上，很多事情都故意不跟我說清楚，害我昨天出那麼大的糗！妳們有看到她幸災樂禍的嘴臉嗎？昨天班導罵我時，她還咂嘴發出好大一聲『嘖』！真是爛人！」說話者並不讓人意外，正是巧萱。

「欸！欸！」有幾個女生暗示巧萱別說了，小燕則默默回到自己座位上，打開便當吃飯。

「沒關係嗎？」鄰座剛打完球回來的阿麥嘆了口氣。「被別人講成這樣，要不要去澄清一下。」

「想怎麼說就怎麼說吧！反正做不好是事實囉！」小燕揚起聲調，輕蔑地笑了一下。

「喂！」巧萱氣得不顧自己穿著制服裙，大步跨過同學的椅子衝過來。一旁的女生也等著看好戲，沒人阻止巧萱，反倒是很期待地望向小燕，看她做何打算。

巧萱高聲指著小燕鼻子罵道：「妳說我做不好？妳又做得多好？上學期不過是老師看妳可憐剛轉學過來，爸媽又離婚，才施捨一個英文小老師的工作給妳，要不是我也接納妳成為壁報布置組的一員，妳哪有辦法那麼快讓全班同學記住妳啊！菜市場名，長得又是路人臉，誰知道妳這麼忘恩負義！難怪我媽常跟我說，不要跟單親家庭的小孩來往，背景複雜又沒常識，不是我們這種人能理解的！」

如果聽見自己被罵，倒還可以忍耐，但聽到巧萱耀武揚威地扯到自己的家人，小燕的理智瞬間斷線。

「有種妳再講一次啊！」小燕猛然從座位上跳起，使勁將熱騰騰的便當甩在巧萱臉上。

「呀！好燙！」巧萱邊甩動一頭美麗長髮邊尖叫。撥開臉上的飯菜後，她反身甩了小燕一巴掌。

「啊——好了啦！」

一旁的女同學這才發現事情越演越烈，連忙抓住巧萱，而準備拿便當蓋去敲巧萱頭的小燕，也被其他的同學火速架住。

「誰快去叫班導來呀！」班上亂成一團，男同學們亢奮鼓譟。

「天啊！女生打架，好刺激喔！」

小燕覺得自己一點都沒錯，在紊亂的瀏海下回頭瞪著巧萱，巧萱也不甘示弱，繼續口出惡言。

「所以我說沒爸媽的小孩就是暴力，是誰先動手的，妳們可要看清楚了喔！」

「是啦！妳這種有爸也有媽的小孩，就最了不起啦！」小燕酸道。

五分鐘後，巧萱與小燕都被叫去了訓導處。

「妳需要做諮商了！」訓導主任認真地當著班導的面對小燕說，還塞了一張前往輔導室的諮商表給她。

「為什麼要做諮商的是我？」小燕不甘心地反問：「因為我是單親，所以我心理就有缺陷嗎？」

「不是這樣，妳別這麼激動。」班導好聲好氣地輕撫著小燕的肩膀。

「老師是考慮到妳自從轉學來之後，面對比較多壓力，課業也起起伏伏，所以我們代表校方，給妳一個接受專業幫助的機會。」

「所以那傢伙就不用接受專業幫助？」小燕指著一旁裝哭的巧萱。「巧萱公開在班上造謠又歧視我？她就身心很健康，都不需要專業的幫助？」

「不要激動，妳們雙方的家長已經在路上了，等等我們大家好好談一談。」

一聽到家長，小燕心底頓時一冷。因為自己的一時失控，媽媽該不會要特地從餐廳趕過來吧？小燕失落地坐回辦公室沙發上，雙腿都軟了，方才的氣燄也瞬間消失。

「不好意思，能別叫我媽媽來嗎？」她無力地說：「我媽身體不好，工作已經很忙了，請不要打擾她。」

「那是要叫妳爸爸過來嗎？」班導反問。

「不！有其他可以信任的長輩，離這只有十分鐘路程而已，很快就能趕來。」

小燕堅定地望向老師的眼睛。

14
意外收穫

下午一點，明明是該上下午第一堂課的時間了，小燕與巧萱卻被留在訓導處，面面相覷。過不久，班導招呼客人的聲音傳進了她們耳中。

「我媽來了。」巧萱露出安心又得意的笑容。

門後先是傳來一陣優雅的高跟鞋腳步聲。緊接著，一個穿著銀色套裝、手拿名牌大包包的長捲髮女性現身了。

「笨蛋。」巧萱媽媽一看到女兒，就用責備的語氣唸道。

但看到巧萱只是無奈聳肩的模樣，小燕知道巧媽大概也不會有多嚴厲的表現。

「真是不好意思。」不料，巧媽的眼神一與小燕對上，就先朝小燕鞠了個深深的躬，連一旁的班導都露出了驚訝的神情。

「是我們家巧萱不受教，出口污辱同學，還打人。雖然先動手的不是我們，但小燕會動手，一定是巧萱說了什麼不該說的話。」巧媽慢條斯理的說話方式，讓小燕一瞬間也不氣了。

「對，的確是她先罵我家人，說我單親怎麼樣，我才會這麼生氣。仔細想想，我用便當盒弄她，我也不對……對不起。」小燕直率地想到什麼就說什麼。

「希望我女兒的臉蛋，沒有被妳家的飯菜燙傷囉！」巧媽看似在開玩笑，眼底卻沒有笑意。

此時，等候室的門再度打開，這次是訓導主任陪同另一名家長進來……

「伊莎老師！」小燕殷切地跳了起來。

伊莎老師先給了小燕一個淺淺的擁抱，隨後一一向其他人點頭致意。

「不好意思，鬧出這場騷動，我相信孩子有她們的苦衷，希望妳們好好瞭解背後的原因，不要急著給小燕記過。」

伊莎穿著休閒輕巧的修身窄版長褲配上白素T恤，頭髮紮成馬尾，一身俐落乾淨的歐美打扮，說話也開門見山，不拖泥帶水。

訓導主任連忙陪笑道：「我們不一定會記過啦！」

「那，會記警告嗎？」彷彿怕訓導主任賣弄話術似的，伊莎老師用銳利的眼神具體詢問。

「這個要評估之後才能確認。我們會送小燕去做諮商。」

「那這位女同學呢？不需要評估嗎？」伊莎老師雖然嘴邊仍掛著禮貌的微笑，但邏輯上卻條理分明，一點也不讓步。

「不好意思，我剛剛已經代我女兒向小燕道歉了，那妳們還想怎麼樣呢？」

「哈！您覺得我有想怎麼樣嗎？既然諮商沒什麼不好，那讓您家女兒也和小燕一樣都去諮商，說說心裡的話，應該不是什麼損失吧？雖然小燕剛才也道歉了，但該做的諮商，我不會叫她推掉。」伊莎老師望進巧媽的眼睛，她挺起胸膛、理直氣柔的模樣，讓小燕感到很安心。

「好啊！那就讓巧萱也去做諮商與評估，反正也不是什麼大事。」巧媽一臉傲然，一旁的班導與訓導主任見到家長都這麼說了，也就簽了一張諮商單給巧萱。

之後，班導與訓導主任又當著家長們的面唸了幾句，便一一把孩子請到訓導處的前門與後門送客。才離開眾人面前，巧媽與巧萱就竊竊私語起來，伊莎則冷冷地看了她們一眼。

「等等馬上就要回去上課吧？」伊莎俯身問小燕。

「對啊！真的很謝謝妳來！」小燕卸下心防，眼底湧出感激的淚意，雙手緊握伊莎。

「別謝了，我的工作沒別的優點，就是自由啊！可惜妳還要回教室，能直接這樣放學該多好，我帶妳去吃冰淇淋。」伊莎淘氣一笑。

「伊莎老師……妳不覺得我很壞嗎？」

「我覺得，能讓我們家小燕氣成這樣，對方才是真的壞呢！」

伊莎老師認真地說：「當然，妳也有不對。妳要記住這是個法律的社會，如果今天發生在校園外頭，先動手的人絕對會被視為先挑事的那個人，會吃大虧啊！無論如何都要忍住，不能動手的。」

小燕羞愧地低下頭。伊莎老師方才就聽了班導與自己的意見，早明白了所有狀況，若在這時爭辯，只會顯得自己更幼稚。

「我一出手，聽到她們要找家長來，就後悔了……好笑的是，我是想到我爸媽的臉，才會一瞬間那麼生氣。」

「想保護家人的心情，我能理解。」伊莎老師撫摸小燕的肩。「但保護家人有很多種方式，動手不是最聰明的一招。」

「以前伊莎老師都沒有跟人打過架嗎？」

「是沒有，不過我們那個年代很流行BBS，同學曾經開了個隱藏板在上面罵人，我也有被罵過呢！當時真的會很氣憤耶！但其實，也不用想著要對他們證明什麼，讓自己幸福起來，就是報仇最好的辦法了！」

望著豁達中又帶著衝勁的伊莎老師，小燕似懂非懂地點點頭。

「讓自己幸福？」

「是啊！對現在的小燕而言，什麼事情最能讓妳感到幸福呢？」

「唉！應該是先把成績提昇吧！我想媽媽遲早會接到段考成績單，一定會超級擔心的……」

「這倒是。」伊莎老師苦笑。「還有呢？」

「這段時間，我對未來一直沒有計畫，除了念書準備升學之外，我覺得我一直都沒有什麼成長……總是在想念著哥哥與爸爸，但能見面的時間卻越來越少，又聽說爸爸要買新房子，我很好奇，但又覺得不該一直去干涉他們的生活……」

「妳這些疑惑，正好可以說給學校的輔導老師聽，他們都很專業喔！其實諮商是校內很好的免費資源，許多妳的擔心、壓力，都是其來有自，透過醫學的方式，諮商老師會教妳正確的應對心態，每次去諮商完，心情都會很放鬆喔！」伊莎老師微笑。

「是的，我知道，我和哥哥先前才幫爸媽找過付費的諮商服務，很貴呢！」小燕恍然大悟。

「我自己都忘記了，心裡悶悶時，可以利用學校的資源。」

「是啊！」伊莎老師送小燕走到走廊轉角。

「不過，如果認為老師不投緣，也可以跟學校申請換一個，把心事都說出來，會很有幫助的！我以前剛創業時天天面對家人的壓力，就去諮商了一陣子，否則可真要患上憂鬱症了。」

看著此刻溫柔卻開朗的伊莎老師，小燕也變得堅定起來。她朝特地趕來的伊莎老師揮了揮手道別，帶著雲淡風輕的笑容走進教室。

其實，她有時真的只是需要找個出口。方才跟伊莎老師一聊，回教室看到巧萱那仍舊耀武揚威的臉，也不至於那麼生氣了。

一週後、兩週後、一個月後，小燕都準時去學校的輔導室報到。每次的諮商時間她也都會盡情傾吐，盡量利用，得到了看待事務的嶄新觀點。

「很多觀念，媽媽也可以用，我應該要轉告媽媽！」

這天，小燕迫不及待地回家，不料媽媽竟然提早下班在廚房做飯，客廳還坐著一個面熟的中年男人。

「啊！是上次送她回來的那個人，餐廳老闆的弟弟？」

眼神一有接觸，對方就急著起身打招呼。

他寬厚的笑容像春末的陽光一樣，挺舒服的。

「啊！這是黃先生，他在工作上幫了媽媽很多忙，今天媽媽機車又在路邊拋錨了，他臨時趕來幫我送修又載我回來，因為已經很晚了，我們就乾脆留他吃飯。」

「歡迎你來，我也進廚房幫忙好了。」小燕露出甜甜的笑容，想給對方一個好印象。

「最近妳都比較晚回來，怎麼了嗎？」媽媽邊切著肉條與酸菜，邊問著小燕。

「哦！沒有啦！跟同學討論社團活動。」小燕參加的社團是校刊社，她被分派到的工作大多不花時間，這只是她的謊言。

這幾個月小燕除了去伊莎老師那裡打工兼學英文，順便將晚歸時間掩飾成自己「有在補習」的假象之外，就是放學後去定期諮商。

「補習那裡還好嗎？」媽媽問：「還跟得上嗎？」

大概是今天媽媽特別早回來，想好好跟小燕聊聊，但小燕此刻卻雙腿緊繃，洗著菜的雙手也像電風扇般越攪越快。

「嗯！理化科換了一個新的老師，我覺得教得不錯。」

「數學呢？」

「數學還是很難啊！所以我想……」

「不要騙我了。」媽媽轉過頭時的神情，充滿冰寒的怒意。「今天我已經打電話跟補習班確認過，妳從上學期開始就沒有去補習了，對吧？還故意把這學期段考成績單藏起來，以為我就找不到嗎？」

小燕心頭一驚。其實她並沒有藏成績單，只是想著要藏，卻隨手亂放，自己也忘記塞到哪了……

「對不起。」

小燕聽過諮商老師教導，若是做錯了就要真心且簡潔地道歉，不需要迂迴地找藉口，讓對方有更多解讀或被激怒的空間。

「媽媽，我應該早點跟妳說的。」

「妳……」媽媽對於小燕這麼快就乖乖認錯，感到有些不可思議，想罵的話語也只好吞進喉嚨。

「是該早點跟我說沒錯！為什麼妳變得這麼偷懶呢？數學不及格就算了，如果是差個一兩分我還能理解，四十二分是怎麼回事？總成績也掉到二十名之後去了，妳未來的路上已經少了爸爸和哥哥的幫忙，要盡量靠自己了，成績對於女孩子來說真的很重要！當時媽媽如果會讀書一點，也有更多薪水好的工作可以挑了……」

媽媽最近講到自己時，總是會不由自主地抱怨當初沒在鎮上辦公室待多久，就回家幫阿嬤阿公打理事業，環境封閉的她很難認識好男人，甚至無法繼續升學，才會有這樣的人生。

但今天倒是比較特別，媽媽竟然到此打住，沒再洋洋灑灑地說下去。小燕望了一眼客廳的方向，大概是因為今天有重要的客人在吧！

「妳不要顧慮黃先生，這些事情我早都說給他聽過了。」媽媽雖是煩躁，語氣卻帶著一絲甜蜜。

「我想得沒錯，看來黃先生跟媽媽好像不只是一般的朋友……」小燕感到五味雜陳，雖然很開心媽媽似乎遇到一個能對她釋出善意的同齡男人，但她卻也覺得有些委屈，畢竟她對媽媽的工作非常關心，媽媽卻連她補習費繳不出來這件事都不曉得。

「該不該現在跟媽媽說補習費的事？但有外人在，恐怕不是時候。萬一黃先生聽到我們的話，以為我們家很缺錢，似乎也不太好。」小燕決定將委屈往肚裡吞，若無其事地幫忙準備晚餐。

還好今天是阿嬤外出找朋友吃飯的日子，母女倆耳根子還算清淨。小燕心想，或許媽媽說機車壞掉什麼的都是藉口，其實她一開始就想趁阿嬤外出時，帶黃先生回來給女兒見見。

「唉！媽媽還真可愛，跟青少女一樣。」小燕惆悵一笑。

還好今天有黃先生在，否則媽媽大概會為了補習的事不留情面地罵她吧！畢竟媽媽真要罵起人時，凶狠度可是不輸阿嬤的。所幸今日的訪客黃先生好像是個穩重的人，媽媽在他身邊也變得不容易激動，好溝通多了。

三人一起吃了個飯，黃先生雖然話不多，倒也不會說些不好笑的笑話裝幽默，語調也挺溫和有禮……小燕越是想試著喜歡對方，就越覺得有些寂寞。

看來媽媽也正在往前邁進，至少願意結交一些異性友人了。那她自己呢？

將這件事寫在蹺家部落格上時，哥哥留了言。

「真替媽媽感到高興。」

這句話，就像夏日來臨前的平靜天空，讓小燕的心情簡化許多。

「原來，其實也不需要有太多的壓力，試著替媽媽高興，其實這就很夠了。」

睡前，她寫了封信給媽媽，裡頭談到了想要省補習費的原因，也解釋了不去補習之後，她為課業做了哪些努力。

「很對不起媽媽，成績讓妳操心了，接下來不管需不需要補習，希望媽媽都能跟我一起討論、一起決定，好嗎？」

刷牙之前，小燕將信放到媽媽的桌上。她離開後，媽媽的房間亮起了燈。或許是正在閱讀那封信吧？

方才在廚房被媽媽質問時，她其實也有好幾次想脫口對媽媽反駁：「還不是看妳賺得不多，想替妳省錢，才會放棄補習！」

但這種發洩怒意的話，其實與小燕的初衷背道而馳。就跟媽媽與阿嬤的對話一樣，也許本意是為對方著想，最後卻變成言語上的攻擊與意氣之爭，只為了證明自己是最對的。

很多事情，似乎不需要當面說出口，換種角度又何妨呢？

15
候鳥之心

日子漸漸炎熱起來了，學期末的這天，司藍望著窗外的六月天綠意，心浮氣躁地擦著窗戶。

「這樣是不會乾淨的喔！別忘了大掃除完還要去大禮堂召開學校期末會議，如果不合格，就要繼續留下來掃喔！」阿克模仿著班導不留情面的語氣開玩笑道。

「你才要注意呢！環保股長！記得把鋁箔包專用的回收籃底部刷乾淨，還要放到教室外面給老師檢查！」司藍反過來叮嚀道。

「噁耶！原來還要刷過喔……」阿克先是一臉不敢置信，隨後又做出鬼臉。

「哈！還用你提醒啊！司藍，我早就都洗過了！」

司藍往教室外頭的走廊邊一看，還真佩服阿克的效率。

「你怎麼知道啊？我去年可是因為這件事被臭罵一番耶！」

「我就是看到你去年補做的糗樣，才提醒自己一定要記得啊！哈哈！」

司藍抄起抹布，往阿克身上一丟。

「可惡啊！原來你都偷偷看著我喔！」

阿克倒是爽朗一笑，沒否認也沒承認。兩人這種打鬧的默契，已經延續一整個學期，從二月到六月，司藍與阿克身上各自發生不少變化，但嚴格說起來，日子還算過得可以。前陣子先是阿克的媽媽住院了，司藍經常幫阿克多準備兩個便當，一個送醫院、一個讓阿克帶來學校當午餐。而司藍與爸爸也在上週搬了家，將快要還不起貸款的大房子給抵押了，父子倆搬到二十公里外的舊社區大廈居住。

空間一下子從四層樓變成一層樓，與爸爸的房間距離也變近了，司藍平時要打掃也迅速許多。

畢竟是與妹妹、媽媽共同生活過的房子，充滿了四人家族的回憶，司藍搬走前還依依不捨地拿相機把房子拍攝了一次。但光想到換房子之後，爸爸就能比以往更快地籌出一兩百萬給妹妹和媽媽，司藍當然也搬得心甘情願。

「不過，你也真辛苦啊！搬家竟然在期末考前一週。」阿克嘆了口氣。

「不會啊！我從很久以前就把東西都整理好了，能快點搬出去……反而鬆了口氣呢！有種『終於能跟過去告別』的感覺！整個人不積極都不行，上週在新家念書，倒也沒覺得有什麼不適應，只是上廁所時會轉錯方向而已，雖然是舊公寓改裝的，但環境很舒適。」

「哎唷！講得這麼好！真想趕快去作客啊！」阿克故意嘆了一口氣。

「白目，有什麼難的，等等就跟我坐公車回家啊！」司藍微笑。

「我妹妹今天也要來！」

講到妹妹，司藍也覺得她吃了不少苦頭，原本以為瞞著補習費的事情，會讓媽媽勃然大怒，結果據「蹺家部落格」的日記顯示，媽媽與小燕已經找到了折衷的辦法，由司藍繼續指導她理化，伊莎老師教她英文，媽媽則出錢讓小燕去補最弱的數學。這個辦法果真奏效了，小燕的段考成績終於有了起色。

不過，一想到那件即將發生的事……司藍仍覺得心情有些沉重。

這份淡淡的陰鬱，也傳遞給此刻在身旁的阿克。雖然考完期末考，司藍也搬了家，下午還能見到可愛的妹妹，但阿克總覺得司藍有什麼還沒說出口的事情，整個人有些悶悶的。

「不過，也不是非得什麼事都要告訴我。有些事情比較適合一個人沉澱之後，再好好想想吧！」阿克雖然有些擔心，但他也明白司藍不想說話時，全世界都無法逼迫他吐出一個字。

※

及肩短髮上戴著小草帽，一身白色洋裝的小燕，已經做好迎接夏天的準備了。她拿著裝有過夜行李的粉色運動包，與媽媽一起坐著公車。

母女倆在前往哥哥新家的路上，雖然說是「新家」，但嚴格來說是舊公寓的大廈，最近裝修換了木地板、加強了隔音窗與陽台的整建，爸爸本來想裝視聽室，但又不想浪費無謂的金錢。

一開始，聽到爸爸為了存她未來上高中、大學甚至碩士的學費，才會賣房子，小燕心底當然是很感動。不過，因為每個月可能也見不到爸爸一次、她只能用短短的電話或者ＬＩＮＥ問候爸爸。兩人自然是生疏了不少，小燕甚至有種爸爸是活在電話與ＬＩＮＥ中的胖精靈、平日很難見到本人的錯覺。

不過，她很訝異自己並不會想念爸爸想念得不得了，或許是心境上也慢慢接受了這種另類「一家人」的現實。雖然偶爾也有想為爸爸付出的時候，但小燕會盡力去做手工卡片，或和哥哥合訂小蛋糕給爸爸驚喜，原本「主動找爸爸會讓媽媽不高興」的這種失落感，也漸漸消失了。

「雖然我也不會主動跟媽媽報告，最近跟爸爸有什麼樣的聯絡……但也不至於會想像以前一樣瞞著不說，以免媽媽從爸爸那裡聽到了，又覺得我偷偷摸摸。大概是在學校的諮商起了作用吧！我不需要去刻意討好爸爸或者媽媽，只要做自己認為正確的事情就好！」小燕從不知道，有專業的老師聽自己說話、分析出條理，是多麼舒服的事情。

當然，她也偶爾會和媽媽鬧彆扭、大聲抱怨，畢竟她只是個普通的青少年，有許多要跟家長溝通的事。但自從媽媽開始在餐廳研發料理，假日時有了會相約出遊的友人之後，也很少因為小燕說了什麼，或者沒做什麼，而大發雷霆了。

此刻的媽媽，正用安心且溫暖的眼神注視著公車外的海景。藍晃晃如碎鑽般的美麗大海，讓人心曠神怡。但小燕覺得，媽媽的神情比大海更好看。

「要是在一年前，跟我說媽媽會有這麼放鬆的神情與氣色，我絕對不相信。」小燕不禁感謝生活帶給她們的際遇，雖是跌跌撞撞，但還是一路走過來了。

來自多方的「問候」與「關切」再怎麼煩，也只有過年、過節而已了。前陣子端午節到來前，媽媽便埋首於餐廳的菜單開發，她本來就很擅長料理，有了老闆娘的賞識，媽媽也開始進軍廚房投入心力發明新菜，讓媽媽也不像以前一樣，那麼容易在意親朋好友的目光。

雖然阿嬤偶爾的語言暴力仍讓人困擾，但母女倆已經在考慮附近的租屋處，與阿嬤保持理性的距離。

不過，在那之前，還有件事得完成……

「該處理的事情，果然要趕快處理啊！」媽媽此刻忽然期待地說出這句話。小燕知道媽媽是什麼意思，便微笑地點點頭。

「是啊！今天是好日子。」

不過，當抵達了哥哥大樓樓下的中庭花園時，她卻發現司藍的神情有些陰霾，並不是很明顯的沮喪，而是類似颯爽的午後夏季天空，即將落雨前的那種濕潤急躁感。

「小燕、阿姨妳們好，我是阿克！」

「久仰！久仰！哈哈！」小燕主動伸手握住前來打招呼的阿克。

阿克似乎也注意到司藍心情不太對勁，聽話也稍微心不在焉，便對小燕偷偷使了個眼色。

「媽，走這裡，雖然是老大廈了，但電梯兩年前剛換新，滿穩定的。」司藍摟著媽媽的肩走在前頭，親熱地敘舊。

「你真的長高不少，都高出媽這麼多了，才兩個月沒見而已！可惜你們搬得比較遠，以後要看到你又更難了！」媽媽失落地說。

面對這種單親家庭必然會遇到的零碎埋怨，司藍也選擇平靜地面對。

「不會啦！雖然以後上大學，可能會跑到外縣市念書，但我們過年過節還是可以規劃旅行啊！我帶媽去走走！這樣也不用跟一堆親戚關在一起，大眼瞪小眼。」司藍爽朗的口吻，總能讓媽媽開心起來。

「再說，媽那裡的海邊，我一次也沒去過呢！」

「現在老了，沒用了啦！去海邊就頭痛。」提起自己時，媽媽難免還是習慣用貶抑的語調，小燕總是很難接話，但哥哥則完全不同。

「頭痛？那我就幫妳準備一堆頭痛藥和厚厚暖暖的頭巾，包成雪人一樣去吧！誰說去海邊一定要穿少少的吹風？我們母子這樣才有趣吧？對不對？」

哥哥的笑話，媽媽也總是捧場，每次彷彿哥哥只要多說幾句，就能讓媽媽的負面情緒煙消雲散。

小燕自覺沒辦法像哥哥這樣腦子動得快，又知道如何安慰媽媽。

「但也因此，有哥哥在才好，可以彌補我的不足，讓媽媽開心。」平常聚少離多，媽媽看到哥哥自然是好話連篇，比起經常在家起磨擦的小燕，媽媽展現出對哥

哥的滿滿疼愛，也就不奇怪了。

這也讓小燕花了一段時間才適應。

「沒關係，只要想起那『五字箴言』，很多事就能釋懷了，晚點我一定要親自教給哥哥。」小燕心想。

進到客廳一起吃水果後，阿克也與小燕互相聊著興趣與學校裡的社團，她們都是很擅於融入團體生活的人，自然也頗有話聊。

「聽妳哥哥說妳總是很為家裡著想，爸媽分居也是你們提出的建議，真的很酷耶！」與其客套來客套去，阿克直爽的語氣讓小燕感到一見如故。

「沒有啦！坦白說，哥哥比我還容易認為自己做錯了……畢竟他是長子，從小就很愛擔責任，也很愛忽然跳出來耍帥地道歉。」

「哈哈！畫面一下子都出來了，耍帥地道歉真是太妙了！沒錯！沒錯！我也看過他這種樣子！」阿克與小燕笑成一團。

「抱歉，我回來晚了，本來想請整個下午的假，但一直到三點才走得開。」爸爸推開家門，大概是看到好久不見的小燕與媽媽，他反而露出客套的抱歉神情。

小燕心目中的爸爸並沒有這麼容易道歉的，或許，距離改變了，語氣與態度都會隨之改變吧！

「阿琇，我們說好的……到樓下中庭坐一下吧！」爸爸朝媽媽使了個眼色，媽媽則故作灑脫地起身。

其實，他們不必用這種方式互動，小燕與司藍也知道接下來會發生什麼事。這大概也是司藍今天有些悶悶不樂的原因。今天，是爸媽去遞交離婚協議書的日子。彼此認為已經分居了這麼久，理當也能夠適應未來沒有所謂「另一半」的生活，因此在爸爸主動提起後，媽媽也答應了。

至於媽媽當天是如何沮喪又激動，小燕又是怎麼讓她回想起當初分居的初衷，並幫爸爸強調這一切只是為了讓以後的贍養費用轉讓更順利……這又是另一個晚上的故事了。

爸爸也許一直在等著媽媽主動提離婚，但媽媽不提，他也只能自己先提了。在搬家、現金轉換等等複雜的手續過後，來處理離婚這件事，也是合情合理的。

「反正事情再拖下去也只是麻煩，事到如今又不可能住在一起了，婚姻已經是有名無實了。」

在徵求孩子們的同意之後，日子訂於今天。司藍雖然邏輯上能接受，情感上卻無法適應。當他看見爸媽一同走出門時，失落感隨即湧上心頭。

而小燕與阿克，當然也看在眼底。爸媽寫的協議書為「兩願離婚協議書」，上頭刊載了孩子分別是誰要撫養、贍養費的支付範圍、金額、方式等等，是非常實際的內容。等會兒，爸媽還要和另外兩位見證人見面，並取得見證人的簽名，本協議才具法律效力。

小燕倒還沒看過協議書本文，但她主動表明不想看。而司藍則是因為將句子一字字讀過之後，才會變得如此失魂落魄。此刻，孩子們聚到陽台邊，望著爸媽在大樓的中庭花園坐下，互相交換印章、簽名的身影。

司藍惆悵地喃喃自語：「真難想像，我十幾年跟爸媽一起住的日子，最後就成了白紙黑字上的那些內容。小燕，而我們兩個的未來，就寫在那一張紙上，妳不覺得很奇怪嗎？」

「那只是法律上的一種保障和效力而已啊！不要想太多啦！」小燕安慰道。

「唉！妳說得倒簡單，真的要看那張紙的內容，妳也沒心情看，不是嗎？」司藍有些急躁地反駁。

小燕輕輕閉上嘴，在這種時候爭論的人，只會成為輸家，不會是贏家。她寧願用感恩的心情，守望著中庭的爸媽。他們和平而堅定的模樣，讓小燕感到很安心。而一個家庭最重要的，不就是安心嗎？

「不想看了。」司藍轉身離開陽台，一個人到客廳喝著悶茶。

阿克與小燕苦笑地對望一下。大家都知道，司藍生悶氣時，最討厭有人主動一直去關心他。

「就這樣讓他安靜一下，等他想開口時再陪他說說話，就行了。」小燕對阿克微笑道。

「話說回來，正式離婚是對的，長痛不如短痛。」阿克說：「將來如果你爸媽有遇到第二春，會認為此刻的決定很明智啊！啊！抱歉，現在說這個好像……」

小燕搖搖頭。

「不！你說的一點也沒錯喔！只是，到那時候，我和哥哥也許又要經過一段時間去適應吧！我媽現在雖然有異性朋友，但似乎也還沒發展到那個階段……不過要說我從沒為這件事困擾過，才是騙人的。」

「嗯！船到橋頭自然直吧！爸媽有自己的人生，我們也有我們的人生。」司藍的聲音從他們身後傳來。

「看來還是有在聽我們講話的嘛！哈哈！」阿克對小燕淘氣一笑。

「哥，有一件很重要的事我得告訴你。」小燕認為，此刻跟哥哥說起這個，絕對是最好的時機了。

沒想到司藍卻十分緊張地跳了起來，衝到陽台邊。

「怎樣？什麼事？」

「哈哈！不是什麼恐怖的事啦！」小燕忍住笑意，一旁的阿克則噴笑出聲。

「只是……我的諮商老師說過，我們要懂得切割責任。因為，很多事情一開始就不是我們能掌控的，自然也不需要去背負那些責任。」小燕柔聲地說著，她明亮的大眼睛，閃動著司藍從未看過的豁達。

「如果……未來遇到什麼事讓你開始胡思亂想時，一定要告訴自己，爸媽會這樣，並不是我們的錯。」小燕說：「老師是這樣說的，因為爸媽很容易把不安與彼此的情緒歸咎給孩子，所以對於孩子而言，學會『不是我的錯』就更加重要，這是個五字箴言。我現在認真地把它傳授給你。」

小燕伸出手，一副運氣的架式。司藍也認真地舉起雙手，往妹妹手掌一貼。

「好，傳授好了。」小燕對司藍淺笑，彷彿希望他開始打從心底去相信這一件事般說道：「不是你的錯。」

「不是我的錯。」司藍喃喃唸著，用心地感受這幾個字的力量。

阿克在一旁頗能領會地點著頭，他想起了自己的際遇，想起父親早逝之後，母親辛苦的身影。並不是他的不對，這也是阿克一路走來學習到的價值觀。因此，讓自己自由點，輕鬆點吧！

三個孩子在陽台邊一字排開，目送著小燕爸媽將離婚協議書收進牛皮紙袋，緩緩離開的背影。大樓中庭上方的藍天，雖被建築物給遮成了一個小方塊，但不難想像外頭的燦爛夏天，正在等待著他們。

在這裡過一晚之後，明天起，小燕就要跟著伊莎老師搭車去新竹，參加為期兩週的國際玻璃藝術工作坊了，她很期待明早爸爸開車送她去車站時，即將展開的父女對話。

她將會用感激與認同的態度，享受跟爸爸相處的每個當下。

「一定要好好對這陣子為了贍養費、房子買賣事情操勞的爸爸，說句認真的謝謝。」小燕瞇起眼，感受從中庭吹來的清新微風。

她不知道哥哥是否有同樣的感覺，但小燕感覺身體都輕了起來。原來自己能比想像中的還要輕盈、還要自由。她幻想自己是一隻即將展開旅程的候鳥，即使未來難免會遇到暴風雨，一定能平安飛抵位於南半球的另一個家。

一個在心底堅不可摧、無可取代的家。

「誰來跟我換，我都不要。」

小燕睜開眼睛，任司藍與阿克的笑臉同時映入眼簾。

培育文化 勵志學堂 54

單親行不行

作　者　夏　嵐
責任編輯　王惠蘭
美術編輯　蕭佩玲
封面設計　蕭佩玲

出版者　培育文化事業有限公司
信箱　yungjiuh@ms.45.hinet.net
地址　新北市汐止區大同路三段一九四號九樓之一
電話　（02）8647-3663
傳真　（02）8674-3660
劃撥帳號　18669219
CVS代理　美璟文化有限公司
TEL／(02)27239968
FAX／(02)27239668

總經銷：永續圖書有限公司
永續圖書線上購物網
www.foreverbooks.com.tw

法律顧問　方圓法律事務所　涂成樞律師
出版日期　2015年5月

國家圖書館出版品預行編目資料

單親行不行/夏嵐著. -- 初版.
-- 新北市 : 培育文化, 民104.05
面 ;　公分. -- (勵志學堂 ; 54)
ISBN 978-986-5862-57-2(平裝)
859.6　　104004582

※為保障您的權益，每一項資料請務必確實填寫，謝謝！

姓名		性別	□男　□女
生日	年　月　日	年齡	
住宅地址	郵遞區號□□□		
行動電話		E-mail	

學歷

□國小　□國中　□高中、高職　□專科、大學以上　□其他________

職業

□學生　□軍　□公　□教　□工　□商　□金融業
□資訊業　□服務業　□傳播業　□出版業　□自由業　□其他________

謝謝您購買 單親行不行 與我們一起分享讀完本書後的心得。務必留下您的基本資料及電子信箱，使用我們準備的免郵回函寄回，我們每月將抽出一百名回函讀者，寄出精美禮物以及享有生日當月購書優惠！想知道更多更即時的消息，歡迎加入"永續圖書粉絲團"

您也可以使用以下傳真電話或是掃描圖檔寄回本公司電子信箱，謝謝！

傳真電話：（02）8647-3660　電子信箱：yungjiuh@ms45.hinet.net

●請針對下列各項目為本書打分數，由高至低5～1分。

	5 4 3 2 1		5 4 3 2 1
1. 內容題材	□□□□□	2. 編排設計	□□□□□
3. 封面設計	□□□□□	4. 文字品質	□□□□□
5. 圖片品質	□□□□□	6. 裝訂印刷	□□□□□

●您購買此書的地點及店名________

●您為何會購買本書？

□被文案吸引　□喜歡封面設計　□親友推薦　□喜歡作者
□網站介紹　□其他________

●您認為什麼因素會影響您購買書籍的慾望？

□價格，並且合理定價是________　□內容文字有足夠吸引力
□作者的知名度　□是否為暢銷書籍　□封面設計、插、漫畫

●請寫下您對編輯部的期望及建議：

★請沿此線剪下傳真、掃描或寄回，謝謝您寶貴的建議！

221-03
新北市汐止區大同路三段194號9樓之1
FAX：（02）8647-3660
E-mail：yungjiuh@ms45.hinet.net

廣告回信
基隆郵局登記證
基隆廣字第200132號

培育
文化事業有限公司

讀者專用回函

單親行不行

培養文化育智心靈的好選擇